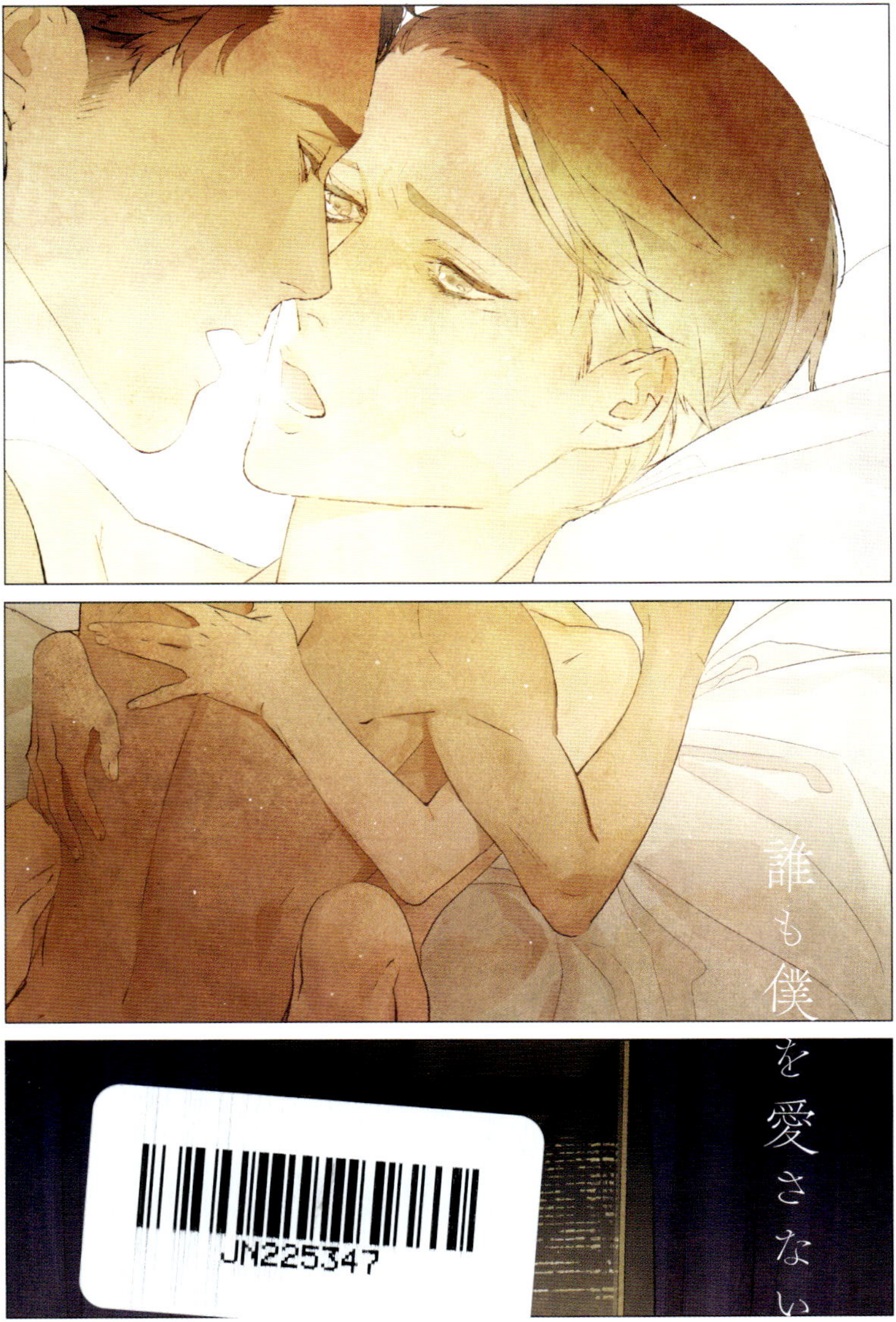

──嬉しい。
刀根が自分の身体で興奮してくれて。感じて達してくれたことが、嬉しかったのだ。

誰《だれ》も僕《ぼく》を愛《あい》さない

星野《ほしの》 伶《れい》
ILLUSTRATION：yoco《よこ》

誰も僕を愛さない

LYNX ROMANCE

CONTENTS

誰も僕を愛さない

七月。

退社時刻を過ぎても日が落ちる気配は遠く、会議室の窓から見下ろしたオフィス街には、足早に駅へと向かう人の流れが出来ていた。

――面倒なことになったな。

及川優貴《おいかわゆうき》は三メートルほど離れて立つ後輩に気づかれぬよう、ひっそりとため息を零《こぼ》す。

退社しようとしていたところを、同じ部署で働く二歳下の後輩に「内密にお話があります」と思い詰めた顔で引き留められ、共にこの会議室へと足を運んだ。てっきり仕事に関する話かと思っていたのだが彼――刀根孝介《とねこうすけ》は、いつもと同じ無表情で「あなたが好きです」と突然告白してきたのだ。

二十八年間生きてきて、こういう状況は何度も経験している。

線が細く神経質にも見える中性的な顔立ちを優貴自身はあまり気に入っていなかったが、周囲からの受けはいいようで、学生時代から社会人になった今日まで人から好意を寄せられることが多かった。

特に社会人になってからはそれが顕著《けんちょ》で、業界でも一、二を争う大手化粧品会社の営業という仕事柄、業績を上げるために取引先ではもちろんのこと、日々円滑《えんかつ》に仕事をするため上司や同僚、後輩にも好かれるよう努力しているからというのも要因の一つだろう。

そのため優貴は周りから、困った時には嫌な顔一つせず助けてくれる、優しく頼りになる男だと思われているようだ。

しかし、優貴が上司のくだらない話を笑顔で聞くのも、同僚のミスをさりげなくフォローするのも、落ち込んでいる後輩に優しく声をかけ慰《なぐさ》めるのも、それは全て自分のため。自分が人からよく見られたいからであって、決してその人が特別だからではない。

なのに、自分の優しさはたびたび相手を誤解させてしまうようだ。

優貴は視線を窓から後輩へと戻す。

今、彼はじっと優貴の答えを待っている。

最初はからかわれているのかと考えたが、この生真面目《きまじめ》な男は冗談で告白なんてしてこないだろう。

同じ職場で働く同性の先輩相手に告白するというのは、よほどの覚悟がいったはずだ。

それだけ刀根が本気だということが伝わってきて、頭が痛くなった。

恋愛は自由だ。相手が男でも女でも、当人たちがそれでいいなら、勝手にすればいいと思う。優貴自身も、過去に周りに公言出来ないような相手と付き合った経験もある。

そうしたことから、恋愛事に関してうるさく言うつもりはないが、刀根は駄目だ。

まず同性であるということに加え、社内恋愛は後々面倒なことになる可能性がある。それに何より、刀根は真っ直ぐすぎる性格ゆえに融通《ゆうずう》が利かず、直属の上司である営業部課長に疎《うと》まれている。彼とこれ以上親密な関係になれば、自分も上司から睨《にら》まれる恐れがあった。

せっかく努力して出世コースに乗っている今、つまらないことで足を引っ張られたくない。

だから優貴は当たり障《さわ》りのない断り文句を口にした。

「気持ちは嬉《うれ》しい。でも、今は仕事を優先したいから、誰とも付き合うつもりはないんだ」

これで大抵の人は納得してくれる。

けれど、ようやくこの気詰まりな空気から解放されると思ったのに、刀根は引かなかった。

「なら、仕事が落ち着くまで待ちます」

「いつになるかわからないのに、それまで返事を引き延ばすのも悪いだろ」

「俺は大丈夫です。待ちます」

「それだけじゃなくて、会社の人と付き合うつもりはないんだ。仕事に支障をきたしたくないから」

「社則には社内恋愛禁止とは書いてませんよ。それに、俺は仕事とプライベートはきちんと分けて考えます」

なんなのだろう、この男は。

優貴は困惑《こんわく》して口を閉ざす。

何を言っても食い下がってくる。どう言えば伝わるのだろう。お前と付き合うつもりはさらさらないということが。

優貴の希望は、この件で今後、刀根と職場でぎくしゃくすることなく、これまでと同様の関係を続けることだ。だからあえて遠回しに、角が立たないような言葉を選んで断っているのに、刀根にはなかなか伝わらない。

優貴は次第に面倒になってきて、つい本音を零してしまった。

「……口先だけの言葉なんて、信用出来ないんだよ」

刀根が息をのむ気配で、自分の失言に気づく。慌《あわ》てて言い繕《つくろ》おうとしたが、刀根が先に口を開いた。

「それはどういう意味ですか？　俺が嘘《うそ》を言っているとでも？」

「いや、嘘を言っていると思ってるわけじゃあ……」

「気を遣《つか》わなくていいです。思っていることを言ってください」

答えを聞くまで、きっとこの男は解放してくれないだろう。

優貴は背の高い男を見上げる。

「僕は、好きだの愛してるだのといった、目に見えないものは信じてない」

これまで恋人にも告げたことのない本心を、ただの後輩でしかない男に伝えた。

刀根は黙って優貴を見つめている。

こんな状況でも普段と同様の無表情を崩さない男は、数秒見つめ合った後で「わかりました」と頷《うなず》いた。

さっきはあれほど食い下がってきたのに、と少々拍子抜けしてしまったが、刀根の気が変わらぬうちにさっさと退室しようと背を向ける。

「及川主任」

ところがドアの前まで来た時、背中に刀根の低い声がかかった。無視することも出来ず、振り返らずに「なんだ？」と返事をする。

「もう一つだけ、質問させてください。俺のこと、嫌いになりましたか」

優貴は子供じみたその質問を、鼻で笑う。

「何を言ってるんだ。嫌うわけないだろ」

じゃあ、と言って刀根を見ずに会議室を出た。

――嫌ってはいない。

以前も、今も、これからも。

刀根孝介は、優貴にとってただの職場の後輩。好きとか嫌いとか、そういった個人的な感情を抱くような存在ではなかった。


優貴はその翌日、微《かす》かに緊張しつつ会社に出勤した。

昨日のことを全てなかったことにしようとしても、起こったことを一晩で忘れるのは難しい。刀根の出方もわからなかったため、朝職場に着いてすぐ出入り口近くのデスクに彼の姿を見た時には、無意識に足を止めていた。刀根はまだ優貴に気づいていないようで、この隙《すき》にさっさと行き過ぎてしまおうと一歩踏み出したところで、女性社員が書類片手に歩み寄ってきた。

「及川主任、おはようございます」

「あ、ああ。おはよう」

「後でこちらに目を通していただけますか？」

「わかった、なるべく早く確認するよ」

「あ、主任、開発部の山口《やまぐち》さんから先ほど問い合わせが……」

フロアを横切り自分のデスクへ向かう途中、次々に声をかけられる。しかし、彼女たちと挨拶《あいさつ》もそこそこに仕事の話をしている時も、優貴は視界の端で刀根の動向を探ってしまう。

刀根はずっとパソコンの画面を見ながら作業をしていて、優貴に気づいているだろうにちらりともこちらに視線を向けない。それはいつもと同じ朝の光景で、特別変わりはなかった。

優貴はその後、仕事を黙々とこなしながらも、刀根が気になって仕方なかった。幾度となく男の様子を窺《うかが》うが、一度として目が合うようなことはなく、おかしな態度も見受けられない。

だが刀根は元々、業務時間内に仕事と関係のない雑談をするような男ではなかった。会社のスタッフは女性の方が多く、部署内でも他愛《たあい》のない会話がよく交わされている。仕事に支障をきたすほどではないし、多少の無駄話には皆目をつぶっているが、そういった環境にあっても刀根は話の輪に加わろうとはしなかった。話を振られても、手元の書類から視線を上げずに一言二言返すだけ。休憩時間にも同僚たちと話しているところを見たのは数えるほどしかない。大抵は早めに休憩を切り上げて仕事に勤《いそ》しんでいた。

刀根のその態度は、営業職にしては珍しい部類に入る。化粧品会社の営業なら、特に女性を相手にする機会が多いため、表情も言葉遣いも警戒されないよう柔和《にゅうわ》になってくる。自《おの》ずと女性との会話が上手《うま》くなっていくものなのだが、刀根は誰を相手にしていてもほとんど態度を変えないのだ。

女性と男性でももちろん、同期や先輩後輩、はては上司に対しても臆《おく》さず意見を口にする。

とにかく頭が固く融通が利かない世渡りの下手なタイプらしく、上司命令でも疑問を持てば自分が納得するまで質問を繰り返し、面倒になった上司が他の社員に仕事を振るはめになる、ということも一度や二度ではなかった。一事が万事その調子で、確かに刀根の言い分は間違っていないのだろうが、社会に出れば多少のことには目をつぶらなければやっていけない。

対して優貴は最終的に帳尻が合い、結果を出すことが出来ればいいと思っているため、刀根が上司と衝突する場面に遭遇《そうぐう》するたび、もっと上手くやればいいものを、と遠巻きに眺《なが》めていた。

そんなことを繰り返しているうちに刀根は上司に疎まれ、出世に繋《つな》がるような仕事を回してもらえなくなってきている。

これほど不器用な男がなぜ営業部にいるのか、優貴は刀根の頑固《がんこ》な一面を見るたびに疑問に思っていた。

「ん？」

もうじき昼休みになるという時、部署内に緊張した空気が走っていることに気がついた。

フロアを見回すと、刀根と今年入ったばかりの女性社員の川田《かわだ》が深刻な様子で話をしている。周りも異変を察知し、心配そうに二人を見ていた。

「どうかしたのか？」

「あ、主任、何かトラブルがあったようで……」

「トラブル？」

席を立ち、近くにいたスタッフに事情を聞くと、そんな答えが返ってきた。当事者に直接話を聞こうと二人に近づいたところで、川田の今にも泣き出しそうな顔が目に入った。

「二人とも、何があったんだ？」

優貴が歩み寄ると、川田が明らかにホッとした顔をする。

「主任、あの……、私がミスをしてしまって……」

「ミス？　どんな？」

「えっと……」

「伝達ミスです。担当の店舗《てんぽ》から電話があったことを、俺に伝えるのを忘れていたんです」

口ごもる川田を遮《さえぎ》り、刀根が説明を始める。

顔つきだけでなく、いつになく言葉も冷たい。その低い声音《こわね》に、川田が背中を丸め小さくなる。その様子から十分反省していると受け取り、優貴は助け船を出した。

「その電話は大事な用件だったのか？」

「今後の商品展開についての問い合わせです。客から他社の製品を仕入れてほしいと要望があったらしく、それに伴って店内の化粧品に割《さ》いている棚《たな》を整理するそうで、我が社の納品数も見直したいと。そのため、今後どういった商品を並べていくか聞きたいとのことでした」

ようは、下手をしたら売り場を他社に取られるということか。それは確かに重要な電話だ。

「それで、その電話を伝え忘れていたのはどうしてわかったんだ？」

「ついさっき、また電話がきたからです。昨日連絡した件はどうなってますか、と」

「それについての対応は？」

「先方には謝罪をして、こちらの返答を待ってもらえるようお願いし、承諾《しょうだく》してもらいました」

大事《おおごと》にならずに終わったようで、優貴も安堵《あんど》する。本人も十分反省しているようだし、この辺りが落としどころだろう。

そう思い、この一件を終わらせるため、刀根にこう提案した。

「それはよかった。刀根の気持ちもわかるが、川田さんも反省してるんだから、今回は大目に見てやったらどうだ？　川田さんもこれからは気をつけるよな？」

水を向けると、川田は助かったと言わんばかりの顔で何度も頷く。

騒動が収束《しゅうそく》を迎えそうな気配に、部署内の緊迫《きんぱく》していた空気もいくぶん和《やわ》らぐ。

優貴は主任である自分のところでこの問題を終わらせようと、刀根を宥《なだ》めにかかった。

「川田さんはまだ入社して日も浅い。ここは、勉強させてやったと思って……」

「本気で言ってるんですか」

せっかく丸く収まりそうだったのに、刀根のその一言でまたも周りが静まりかえる。

まさかそんなことを言われるとは思っておらず、優貴も困惑してしまった。

刀根は眉間《みけん》に皺《しわ》を刻んだまま、滔々《とうとう》と話す。

「就職したばかりとか、そんなのはミスの言い訳になりません。実害が出ずに終わったからといって、

ミスがなかったことにはならない。彼女には、ちゃんと自分のしたことの責任を取る必要があると思います」

「ちょっとそれは厳しすぎるんじゃないかな。何度も続くなら別だが、今回が初めてなんだし……」

「主任は甘いですね。ですが、もしご自分が同じことをされて、危《あや》うく自社の売り場が縮小されてしまう事態になっても、同じことが言えますか？」

優貴は咄嗟《とっさ》に頷くことが出来なかった。

苦労して獲得した売り場。中には一から開拓したところもある。それを、新入社員の初歩的なミスで手放さないといけなくなったとしたら……笑って許すことはさすがに出来ない。

それでも、主任という役職についている自分まで、川田を糾弾《きゅうだん》するわけにはいかない。そんなことをしたら、女性の多いこの職場で自分は器《うつわ》の小さい男だと陰口を叩《たた》かれるはめになるだろう。そんなことになったら仕事がやりづらくなる。

今、自分がするべきことは、この場を上手く収めることだった。

「そうなったら、僕が挽回《ばんかい》する。そもそも、そんな伝達ミスがあったくらいで売り場を奪《と》られるほどの仕事を、僕は日頃からしていない」

刀根の瞳を真っ直ぐ見返しながら、はっきりとした声音で言い切る。刀根も鋭い視線を逸《そ》らすことはなく、数秒間、無言で見つめ合った。

刀根に強い意志を込めた眼差《まなざ》しを向けられ、優貴の脳裏《のうり》にふと昨日の光景が思い浮かんだ。

　彼は好きだと告げたその口で、優貴のやり方を非難している。

　今向けられている眼差しは、少しも甘さを含んでいない。

　昨日断られたから、その腹いせで自分に突っかかっているわけではないだろう。彼自身も公私混同はしないと言っていたし、刀根は優貴よりさらに上役にも、おかしいと思ったらこうして徹底的に抗戦する。

　つまり、これはいつもの刀根なのだ。告白した翌日だからと、気を遣うことも気まずい態度を取ることもなく、平素の通り優貴と対峙《たいじ》している。

　これこそ、昨日優貴が望んだ結果。刀根が告白してきた以前と何も変わらない日々だ。

　しかし、願った通りになったというのに、自分に甘い態度を一切取らない男に、なぜか少しだけ苛《いら》立《だ》ちを感じた。

　周囲は膠着《こうちゃく》状態の二人を、固唾《かたず》をのんで見守っている。

　そんな張りつめた空気の中、先に動いたのは刀根だった。

　優貴から視線を外し、当事者にもかかわらずすっかり蚊帳《かや》の外に追いやられていた川田を見やる。

「川田さん」

「はいっ」

「あなたは今回のこと、どう思ってますか？」

「えっと……、どう、と言いますと……」

「俺はあなたから、一言も謝罪の言葉をもらってませんが」

刀根のその言葉を聞き、川田が「あっ」と小さく声を上げ、すぐさま深々と頭を下げた。

「申し訳ありませんでしたっ」

「今後は気をつけてください。そして、もし次に何かミスをした時は、言い訳をする前にまず謝ること。自分のミスを認めることが大切だと俺は思います」

「はい、本当に申し訳ありませんでした」

川田の心からの謝罪を受け、刀根の顔からようやく険《けわ》しさが消える。

「わかりました。長々と引き留めてすみませんでした。仕事に戻ってください」

刀根は最後にそう言うと、一人でさっさと事態を収めてしまう。川田はデスクに向かう刀根の背中に再度一礼してから、仕事に戻っていった。

このやり取りを見て、ようやく刀根が何に対して怒っていたのか理解した。

ミスは誰にでもある。大切なのは、ミスをした後だ。おそらくミスしたことで慌てていて失念してしまったのだろうが、まず誠心誠意謝罪し、具体的な対策はその後だと言いたかったのだろう。

それならそう言えばいいのに。自分ならもっと上手く伝える。こんなに大げさにして皆の前で叱るような真似《まね》をせずに、川田を諭《さと》しただろう。

誰に対しても同じ態度を貫くというのは、それはそれで一つのやり方かもしれないが、相手によって柔軟な対応をした方がより効果を望める。それをどうしてわからないのだろう。

あくまで自分のスタイルを貫こうとする頑固な男はもう優貴に目もくれず、背中を向けて何やらパソコンに打ち込んでいた。

優貴もその場を離れ、昼食を摂《と》りに行くふりをして、同じく休憩に出た川田を呼び止める。

厄介《やっかい》な騒動に巻き込まれたことに対する苛立ちも少なからずあったが、今はそれらの感情は全て胸の内に押し込め、女性に受けのいい優しげな笑みを作る。

「川田さん、さっきは偉かったね。よく耐えてくれた」

「及川主任……」

「君も十分反省しているのに、何もあそこまで言わなくてもいいのにな。どうも彼は言葉がきついところがあるから、後で僕からも注意しておくよ」

優貴は落ち込んでいるであろう川田のフォローをしたつもりだったのに、当の本人は驚いた顔で頭を振った。

「いいえ、大丈夫です。あれは私が悪かったんです。刀根さんは何も悪くありません」

「刀根を庇《かば》うなんて、君は優しいんだな。いいんだよ、無理しないで」

「無理してません。刀根さんには迷惑をかけた上に、今回のことで色々と教えてもらいました。どうか刀根さんを叱らないでください」

お願いします、と頭まで下げられてしまい、苛立ちは最高潮に達した。

——どうして……。

刀根は、自分の思う通りに生きている。

自分を曲げることはなく、そのため幾度となく人と衝突してきた。

それなのに、彼は同僚や後輩から嫌われることが極端に少ない。

今日の川田のように、厳しく注意されてもなぜか遺恨《いこん》を残さず、それどころかその真っ直ぐな人柄を評価される。女性社員の間では、結婚するなら刀根のような人がいいとまで言われているらしい。

男性社員が腑《ふ》に落ちないと愚痴《ぐち》を零しているのを聞いたことがある。

――僕の方が、ずっと気を遣っているのに。

会社で声を荒らげたことなどないし、あんなに空気を悪くしたこともない。常に気を配り、笑顔を絶やさず皆に話しかけている。

「あの、及川主任……？」

急に黙りこくった優貴に不安を感じたのか控《ひか》えめに呼びかけられ、ようやく我に返った。慌てて顔に笑みを張り付ける。

「ああ、うん、大丈夫、刀根には何も言わないでおくよ。今日のことだけでなく、何か困ったことがあったら、気軽に僕に相談してくれてかまわないから」

「ありがとうございます」

「呼び止めて悪かったね。じゃあ」

優貴は休憩室で弁当を食べるという川田と別れ、食堂に向かう。すれ違う人に変に思われないよう、意識して表情を作って歩いた。

——気に入らない。

これまで刀根のことはあまり意識していなかった。同じフロアで働いていても、互いに業務以外で言葉を交わすことはほとんどなかった。それが昨日、いきなりプライベートな話をされた途端《とたん》に、おかしなことになった。

刀根といると、ペースを崩されるのだ。普段は上手く本音を隠せているのに、彼の前では仮面をはがされる。

それはなぜなのか……。

その理由はわからないが、刀根と関わると無性《むしょう》に苛々する。

人の言うことを聞かないからか。

自分のことを非難してきたからか。

それとも、告白してきたくせに翌日にはもうなかったことにしているからだろうか……。

——意識しているのは……昨日のことを引きずっているのは、僕だけなのか？

どうして刀根はあんなにも普通の態度を取れるのだろう。

本当に好意を寄せているのなら、無意識に目がいってしまうものではないだろうか。たとえ断られていても、期待することを止められない。その瞳に自分の姿を映してほしくて、名前を呼んで笑いかけてほしいと望んでしまう。

それなのに、今日の刀根の態度はなんだ。

——結局、その程度の気持ちだったのか。

彼も、これまで付き合った恋人たちと一緒だったのだ。

付き合っている時は「誰よりも好き」、「別れたら死んでしまう」と言いながら、実際に別れても一人も死んでいない。それどころか「付き合ってみたら想像と違った」と自《みずか》ら別れを告げてくる。

だから、優貴は口先だけの愛など信用しなくなった。

信じて捨てられるのはもうたくさんだ。

告白後も刀根の態度は変わらず、優貴の希望通りの結果になったというのに、素知らぬ顔をしている彼を見ていると腹が立って仕方なかった。


優貴はその日も会社に残って仕事をしていた。二年近くもの歳月をかけて手がけてきたプロジェクトがいよいよ大詰めを迎え、今日だけでなくこの一ヶ月、残業が続いている。

営業部に所属する優貴の仕事は、受け持っているエリア内の売り場に商品のディスプレイのアドバイスをしたり、新商品のアピールポイントのレクチャーなどをしたりして、売り上げを伸ばすことだ。

その中でも優貴が任されているのは大口の取引先で、今回のプロジェクトは、明後日東京《とうきょう》都内に新しくオープンする百貨店の化粧品コーナーに、自社の売り場を確保し売り上げ目標を達成することだった。

この仕事を任された二年前より地道な営業努力を重ね、好条件の売り場を確保することができ、さらに自社の新商品をオープンに合わせ、いち早く売り出すことになっている。告知にも力を入れ、準備は万全。実際に店舗に立つスタッフへの接客についての指導も念入りに行ってきた。

優貴は明日、商品の並んだ売り場の最終チェックをするために朝一で店舗へ出向くことになっている。

今日はこの辺りで仕事を仕舞いにしようとパソコンの電源を落としたところで、静かなフロアに電話の音が響き渡った。

「はい、営業部、刀根です」

優貴が反応するよりも早く刀根が電話に出た。

フロアを見回すと、自分と刀根の他に人の姿はない。

優貴は電話口で話す刀根を横目に、帰り支度《じたく》を続ける。

刀根に告白されたのは三ヶ月前。

その後も二人の間に変化はなく、どちらもあの一件を口に出すことはなかった。ただの職場の先輩後輩という関係を続けている。

こうして二人きりで残業していても刀根から何か言ってくるわけでもないし、優貴もまた、態度を変えることもなかった。

だが、あの時の告白は優貴の記憶からはなかなか消えず、ふとした時に考えてしまう。

この男はいったい何がしたかったのだろう。

何も変える気がないのなら、なぜ自分にあんなことを言ったのだろう。それとも、何を言ってもなびかないとわかり、あっさり諦《あきら》めたのだろうか。

これまでも職場の女性から告白されたことがあったが、断った後は多少ぎくしゃくとした空気が流れたものだ。優貴自身は至極《しごく》普通に接していたが、相手が優貴を意識し、しばらく熱い視線を送られた。

それなのに、刀根には全くそういったことがない。

ここまで無反応だと、あの時の告白は夢だったのかとすら思えてくる。

優貴は自分がまた刀根のことを考えていることに気づき、小さく舌打ちした。

告白してきた当の本人がなかったことにしようとしているのに、振った自分がいつまでも些末《さまつ》なことに捕らわれてどうする。

これまで男から告白されたことなどないから強烈に印象に残っているだけだろうが、これはよくない傾向だ。

優貴は思考を切り替え、通勤鞄《かばん》を手に立ち上がる。

「及川主任」

そのタイミングを見計らったかのように、刀根が優貴を呼び止めた。

「どうした?」

「明後日オープンの和泉《いずみ》百貨店の売り場から、お電話が入ってます」

「僕のデスクに回してくれ」

優貴はイスに座り直すと受話器に手を伸ばす。

自分宛の電話なのに、なぜすぐにこちらに回さなかったのだ、と少し苛々しながら保留を解除する。

「お待たせしました、及川です」

『お疲れさまです、高林《たかばやし》です。遅くにすみません』

「お疲れさまです。どうかしましたか?」

電話口から売り場責任者の女性の声が聞こえてきた。優貴よりも年長で落ち着いた雰囲気の高林は、珍しく早口で話し始める。

『新商品の納品の件でご確認したいのですが、当初は本日夕方頃、という話でしたが、明日に変更になったのでしょうか?』

「え?　どういうことでしょう?」

『及川さんから事前に、入荷はギリギリになると言われていたのでこの時間まで待ったのですが、まだ商品が届いてなくて……』

百貨店のオープンに合わせて、新商品のルージュを先行販売するに当たり、優貴は方々《ほうぼう》に日程の調整を頼んでいた。

本来の発売日は半月後だったのだが、それを新店舗オープンの目玉商品にしたいと提案し、オープンに間に合わせるために駆けずり回った。特に製造部には多少無理な要求をしたが、先行販売数を絞ることで、納品を約束してもらっていた。

そういったことから、納品はオープン二日前の夕方になると言われており、店舗にもそのように通達し、今日の午前中に新商品以外の陳列《ちんれつ》は終わらせている。優貴もその様子を自分の目で確認し、後は高林たちに任せて社に戻り今まで他の仕事を片付けていた。そして明日は朝から新商品の陳列作業に立ち会う予定になっている。

「商品が届いてないって本当ですか？　百貨店内の他の場所に誤って配達されてる可能性は……」

『他社の売り場にも、百貨店側にも確認しましたが、どこにも届いていないそうです』

「そんなはずは……。僕の方で他の店舗にも問い合わせてみます」

電話を切り、パソコンの電源を入れる。優貴が他に担当している売り場はいずれも大手百貨店のため、間違って他の店に配達されたのではと思ったのだ。

「主任」

「なんだ」

気が急《せ》いてきつい口調になってしまったが、今は彼にかまっている余裕はない。

そんなオーラを醸《かも》し出したのに、刀根は臆さずデスクに歩み寄ってきた。

「先ほど電話を受けた時に少し状況を聞いたのですが、新商品が納品されていないとか」

「ああ、だから今それの確認をしようとしてるところだ」

「それについてなんですが……」

「今忙しいんだ。後にしてくれないか」

優貴は刀根の言葉を強く遮った。

今はこの男と話している時間も惜しい。

デスクの前に立ったまま動こうとしない刀根の存在は無視し、まずパソコンで納品書の確認を始めた。

「……ん？」

社内での商品のやり取りはパソコンで管理している。しかし、今回は正規の発売前の発注ということで、手書きの発注書を製造部にＦＡＸしていた。さらにミスがないようにと、後でメールで発注書を送った旨《むね》を担当者に伝えている。

最初の発注書についての製造部からの受領連絡は確認出来た。しかし、最初の発注から二週間ほど経ってから、こちらの希望の数を用意出来ないと言われ、発注数を見直すことになったのだ。そして当初より二割少ない数で納品書を新たに作成しＦＡＸしたはずだが、そういえばメールでの連絡をしていなかった。相手からも受領のメールはきていない。

――何か手違いが起きたのか？

優貴は焦《あせ》った。

とりあえず控えの発注書を確認しようとして、はたと気がつく。

あれは確か一ヶ月ほど前。

発注書を新たに書き直してすぐの時だ。

刀根が「シュレッダーにかける書類の束《たば》に入っていたのですが」と言って、一枚の紙片を持って優貴のデスクにやってきた。てっきり納品数を訂正する前の破棄《はき》する発注書だと思い込み、忙しかったこともあってよく目を通さずに「シュレッダー行きの箱に入ってたなら、いらないものだろ」とぞんざいに返した。なぜなら確かに自分は発注書をＦＡＸし、ファイルに挟《はさ》んだのだから。

——いや、あの時、ＦＡＸしようと発注書をセットしたところで、課長から声をかけられたんだ。そしてそのまま雑談に付き合わされて、そうこうしているうちに急ぎの電話が入って……。

「まさか……」

記憶をたどり、優貴は青くなる。

あの時、刀根が持ってきた紙片が、製造部に送るはずだった正規の発注書だとしたら……。

優貴は受話器を持ち上げ、製造部に電話をかける。

幸い担当者が残っており、発注の有無について確認すると、危惧《きぐ》した通り訂正後の発注書は受け取っていないとの答えが返ってきた。

どうして発注書が届かないと連絡をくれなかったのかと製造部の担当者を責めたくなったが、今回のミスは全て自分のせいだ。

事情を説明し、今どれだけ商品が出来ているか尋ねると、数は少ないけれど納品出来る状態の商品を明日の午後には店舗へ配達すると言ってもらえた。

大々的に告知しておきながら、目玉商品を用意出来ないという最悪の事態は免《まぬが》れそうで胸をなで下ろしたが、納品数は当初の四割にも満たない。新商品を前面に売り出すディスプレイにしていたため、その商品が少ない今、売り場全体の品数が少なく貧相になってしまう。

今から別の商品を手配しようにも、この時間に発注をかけても受領は明日。急いで揃《そろ》えてもらっても、店舗に明日中に商品が届くかどうか微妙なところだった。

優貴は両手を組んでうなだれる。

こんな初歩的なミスをしてしまった自分が許せない。

このまま不完全な状態でオープンを迎えては、入店してすぐ目に入る場所に売り場を獲得したのに、集客に繋げることが出来ないかもしれない。

「最悪だ」

ため息をつき肩を落とす。

「及川主任」

頭上から落ちてきた低い声に、ようやく刀根の存在を思い出した。トラブルを後輩に見られてばつが悪くなる。

「まだいたのか。僕はまだ帰れそうにないから、先に……」

「手伝います」

「手伝うって……」

「新商品の入荷が減ってしまう分、他の商品で売り場を埋めなければいけないんですよね。今、売り場に並べている商品のリストを見せてください」

刀根には詳しい説明はしていないし、今回の和泉百貨店のプロジェクトにもほとんど関わっていない。それなのに、電話口でのやり取りから状況を察し、その対応策まで考えたようだった。

——お前には関係ない。

咄嗟に刀根の申し出をはねつけようとして、すんでのところで思い直す。

後輩にフォローされるなんてプライドが許さなかったが、今は自分のプライド云々《うんぬん》を持ち出す余裕はない。使えるものは使わないと、せっかく任されたプロジェクトが失敗に終わってしまう。ここまできて、こんなミスで二年をかけたプロジェクトを失敗させるわけにはいかない。

優貴は無言で引き出しから商品リストを出し、刀根に手渡す。

刀根はそれにざっと目を通すと、すぐさまこう提案してきた。

「これから乾燥する季節になりますし、スキンケア商品を多めにしましょう。それにこの秋の新色のチークとアイシャドウも。目玉商品のルージュと色合いを何パターンか組み合わせてディスプレイするのもいいと思います」

「あ、ああ、そうだな」

「俺の担当している店舗が、会社から和泉百貨店に行く道中にいくつかあります。ドラッグストアなので遅くまで営業もしている。各店舗から少しずつ在庫を分けてもらって、回収しつつ百貨店に向かいましょう」

そう言うや否《いな》やスマートフォンを取り出し、担当の店舗に電話をかけ始めた。

優貴は店側と交渉している刀根を呆然《ぼうぜん》と見上げる。急な展開に頭がついていけていなかった。

刀根は普段はとても目立たない男だ。

仕事に関して真摯《しんし》に取り組んでいるようだったが、かける時間のわりに成績を上げていない。無難な売り方ばかりしているからだと上司が叱責しても、刀根はやり方を変えることはなかった。おかげで売り上げはずっと横ばい状態できている。

そんな刀根のことを、定石《じょうせき》通りのやり方しか出来ない無能な男だと上司は零していたが、優貴は知っていた。

刀根が受け持つ店舗は立地条件が悪く、これまで誰が担当しても売り上げ目標を達成出来ず、それどころか売り場の入っている店自体がいつ潰《つぶ》れてもおかしくない状態だったのだ。その売り場を刀根は前任者から引き継ぎ、店側へ集客のために様々な企画を提案して、半年足らずでどうにか店を黒字に転じさせた。結果、自社商品の売り上げも少しずつ伸びていっている。

確かに売り上げだけ見れば平均より下だろう。しかし、あれだけの赤字店に見切りをつけず、黒字経営に変えたのはひとえに刀根の能力が優れていたからだ。

　刀根に力はある。けれど、それを生かせるような仕事を担当出来ていない。それもこれも、刀根が愛想笑い一つせず、上司に媚《こ》びるのを不得手としているからだろう。優貴からすれば考えられないことだ。

「各店舗に連絡したところ、商品を回してもらえそうです。とりあえず五店舗から了承を取ったので、これから向かいます」

　刀根は優貴の返答を待たずに背を向けた。優貴はその背中を呼び止める。

「いや、僕が行くから、お前はもう帰っていい」

「では、二手に分かれて回りましょう。通り道とは言っても、一軒一軒足を運んでいると閉店時間に間に合わなくなってしまうかもしれません」

「しかし……」

「手伝うと言ったでしょう。主任はこの二店舗をお願いします。商品を回収し終わったら、和泉百貨店で落ち合いましょう」

　いつの間に書いたのか、店舗の住所と回収する商品を書き出したメモを渡される。そのメモに優貴が目を通している間に、刀根は先に社用車で出て行った。優貴も慌てて刀根に続き、歩きながら百貨店に電話をかけ搬入許可を取り付けてから車に乗り込む。

　このままでは刀根に頼りっぱなしだ。後輩にミスをフォローされるなんてみっともない姿を、これ以上さらすわけにはいかない。

優貴は刀根に渡されたメモを片手に車を走らせる。

そうして時間はかかったものの、無事に各店舗から商品を回収し、日付が変わる前には百貨店に到着することが出来た。

先に到着していた刀根と合流し、共に回収してきた商品を売り場へと運び入れ、そこからは二人で黙々と商品を陳列していった。オープンまであと一日あるが、新商品の搬入に備え出来るだけ作業を進めておきたかったのだ。

結局商品の陳列が終わったのは、午前三時過ぎ。予定より多少ディスプレイの変更を余儀《よぎ》なくされたが、納得のいく仕上がりになった。あとは新商品を所定の位置に並べれば完成だ。

なんとか危機を脱したことを確認し、脱力してスツールに腰を下ろしたところで刀根が棚の向こうから顔を覗《のぞ》かせた。

「終わりましたか？」

「ああ。そっちは？」

「俺の方も全て並べ終わりました」

「そうか」

一瞬の間。

——ありがとう、と言うべきだ。

こんな時間まで自分に付き合ってくれたのだから。刀根がいなければ、短時間でここまでミスを挽回することは出来なかっただろう。

しかし、感謝の言葉を伝えなければと思うのに、なぜかたった一言が言えなかった。

「一段落したのでしたら、俺はこれで」

刀根が脱いでいたスーツの上着に袖を通す。そしてそのまま「失礼します」と一礼して踵《きびす》を返した。

「どこへ行くんだ」

優貴がそう尋ねると、刀根が不思議そうな顔で振り返った。

「今日も会社があるので、一旦帰って着替えてから出社します。主任は今日はオープン前の視察の予定でしたよね？　このままこちらに？」

「ああ、そうだな。どうせ今から家に帰ってもほとんど寝る時間はないから、このまま車の中で休んで皆が出勤してくるのを待とうかと……」

――いや、違う。

今は自分のことはどうでもいい。

問題はこの男のことだ。

なんと言おうかと言葉を探したが、遠回しな言い方をしてもこの男には伝わらないかもしれないと思い、ずっと気になっていたことを単刀直入に尋ねた。

「どうして手伝ってくれたんだ？」

「もし立場が逆だったら、あなただって俺のフォローをしてくれたはずだから」

「……そう、だな」

嘘をついた。

自分はここまで親身になってフォローしない。せいぜいアドバイスをする程度で、こんな明け方まで人のために奔走《ほんそう》したりしない。

この男とは根本的に考え方が違うのかもしれないと思った。

優貴が押し黙ると話が終わったと思ったのか、刀根が再び踵を返す。

しかし、一歩進んだところで何か思い出したように振り返った。

「明日のオープン、楽しみにしてます。主任の手がけた売り場ですから、盛況は間違いないでしょう」

珍しく口元に薄い笑みを浮かべ、刀根はそれだけ言うともうこちらを振り返ることはなく、その場を去っていった。

「なんなんだ、あれは」

刀根の姿が完全に見えなくなってから、優貴は歯噛《はが》みする。

優貴のミスをフォローしたのは刀根だ。優貴は彼の提案にただ頷いただけ。

好条件の売り場を獲得するために奮闘してきたが、結局客が入るかどうかは、売り場のディスプレイによるところが大きい。つまり、今回のオープンで上々の集客数を得ることが出来たとしたら、それは機転を利かせて売り場の穴を埋めた刀根の力によるものだ。

それをわかっていないはずがない。

わかっていての、あの台詞《せりふ》。

「嫌味《いやみ》か……！」

優貴は、刀根の言葉をそのまま素直に受け取ることが出来なかった。

——善意で手伝ったと見せかけて、恩を売るつもりだったのか？　それとも、ミスにつけ込んで弱味でも握るつもりだった？

本心を言葉にも顔にも出さない分、刀根が何を考えているのかわからない。

優貴はほんの少しだけ、刀根に感謝したことを悔やんだ。


翌日、和泉百貨店の新店舗オープンは大盛況を収めた。

件《くだん》のルージュの納品も間に合い、数は少ないながらも売り場を華やかに彩《いろど》ってくれ、午前中で完売。ルージュとセットで売り出したアイシャドウの売れ行きも予想を上回るものとなり、オープン初日は目標を大幅に越える売り上げを計上することが出来、優貴はホッと胸をなで下ろした。

ところが、期待通りの成果を出すことが出来て気分よく出社した日、思いも寄らない事態が起こったのだ。

「及川くん、ちょっと」

優貴はデスクに鞄を置くなり課長に手招きされた。

てっきり和泉百貨店での売り上げ目標達成について労《ねぎら》いの言葉をかけられるのだと思ったが、振り向いた先にいた課長の顔は険しかった。

課長は刀根にも声をかけ、三人で会議室へと向かう。

扉をきっちり閉めるよう言われ、課長の前に刀根と並んで立つと、不穏《ふおん》な空気に緊張が走った。

課長がこんな顔をして呼び出すなんて、何か問題が発生したのだろうか。だが、それならなぜ刀根も一緒なのだろう。今、自分と刀根が組んで手がけている仕事はないのに。

そんなことを考えていると、課長が早々に口火を切った。

「昨日は和泉百貨店のオープン、お疲れさま。足掛け二年のプロジェクトだ、成功してよかったよ」

「はい。課長からご指導を賜《たまわ》ったおかげで、なんとか目標を達成出来ました。ありがとうございます」

「うん、君に任せてよかったよ。ただね、ちょっと気になる話を耳にしたんだが……、オープン直前に商品の納品に関してトラブルがあったそうじゃないか」

他の店舗から足りない商品を分けてもらうという異例の対応をしたのだから、当然周りの人間にも今回の件は知られてしまうことは覚悟していた。だが、結果的に大事には至らなかったし、売り上げ目標を達成したのだからと軽く考えていた。

けれど、この上司はそうではないようだった。

これまでミスらしいミスをしたことがなく、課長にも目をかけられ可愛《かわい》がられていた優貴は、初めて経験する上司の叱責にたじろぎ、しどろもどろに説明を始める。

「実は、訂正した後の発注書の提出がされておらず、予定していた新商品が届かないというトラブルが……」

「なぜ発注書が提出されてなかったんだ？」

「……発注書を、シュレッダーにかけてしまって……」

優貴はもう上司の顔を直視出来ず、じわじわと俯《うつむ》く。

新卒でもしないような、単純なミス。けれどそのミスであわや大惨事になるところだったのだ。結果がよければ全てよし、とはならない。厳重な注意を受けても仕方ないことを自分はしてしまったのだ、とようやく実感した。

案の定、トラブルの原因が初歩的なミスだということを知り、課長は怒りを露《あら》わにした口調で重ねて尋ねてきた。

「どういうことだ、及川くん。君が発注書をシュレッダーにかけたのか？」

課長のあまりの剣幕に身体《からだ》が震えた。

苦労してようやく摑《つか》んだ安定した生活。手に入れた会社でのポジションを、こんな些細《ささい》なミスで失いたくない。いや、失うわけにはいかない。

「いいえ」

自分でも意外なほど、静かな声で答えていた。

――もう後には引けない。

優貴は拳《こぶし》を握りしめ、面《おもて》を上げた。

「僕ではありません」

——嘘は言ってない。

実際にシュレッダーにかけたのは刀根なのだから。

ずるいと、そんなのは詭弁《きべん》だという声が頭の中で優貴を責め立てる。その良心の声を無視し、それだけ告げると、堅く唇を引き結ぶ。

課長は優貴の返答に、うんうんと頷き、次に刀根に質問をぶつけた。

「刀根くんは和泉百貨店のプロジェクトに関わっていなかったな。だが、及川くんと共にトラブルの対処に駆けずり回ったそうじゃないか。それはなぜだ？　もしかして、君が発注書をシュレッダーにかけた当事者で、自分のミスを挽回しようと動いたのか？」

それは全くの誤解だ。

さすがに刀根も否定するだろう。

しかし、刀根が否定すれば、自分の嘘がばれてしまう。

優貴が浅はかな自分の言動を悔いていると、隣に立つ刀根が「はい」と答える声が聞こえてきた。

思わず刀根に視線を向ける。

刀根は真っ直ぐ上司を見据《みす》え、「俺が発注書をシュレッダーにかけました」とはっきりとした口調で言い切ったのだ。

「やっぱりな。そもそも、日頃から君は……」

自分に臆さず意見してくる刀根を快く思っていない課長は、ここぞとばかりに嬉々として刀根を攻撃し始める。今回のことに全く関係ない過去のことまで持ち出し、業務態度のみならず人格に至るまで、執拗《しつよう》に刀根に小言《こごと》を浴びせた。

優貴はその様子を、傍《そば》で呆然と見ていることしか出来なかった。

――どうして、言わないんだ。

刀根は優貴に言われて、発注書をシュレッダーにかけただけ。大本の原因は優貴にある。それなのに、なぜそれを言わないのか。事実を告げれば、上司の小言からも解放されるというのに……。

「黙ってないで、なんとか言ったらどうなんだ」

「申し訳ありませんでした」

刀根は腰を折り頭を下げる。そのままの姿勢で、刀根はさらに課長の暴言を聞いていた。

「いつかこんなことになるんじゃないかと思ってたんだ。君は営業に向いてない。そう思ったから、僕は親切心でこれまで君に苦言を呈してきたというのに……」

「あの……っ」

九十度に腰を折ったまま、微動《びどう》だにしない刀根を見ていることに耐えきれなくなった優貴は、つい口を挟んでしまった。

課長の視線が優貴に向く。いいところを邪魔されて不快を露わにしていた。

「及川くん、なんだ？」

「あ……、その……」

「遠慮せずに言いなさい」

課長の剣幕に口ごもりつつ、意を決して申し出た。

「後は僕に任せていただけないでしょうか？」

「ん？　どういう意味だ？」

「本来なら、課長の部下である主任の僕が刀根に注意をしなくてはならないのに、こうしてお手を煩《わずら》わせてしまい、申し訳ありません。僕からもよく言い聞かせますので、課長はどうぞお仕事に戻られてください」

「いや、刀根くんも僕の部下なんだから、上司としてしっかり教育しないと……」

「さすが課長、部下思いですね。課長がお優しいので今まで甘えてしまっていましたが、そろそろ僕ももっとしっかりして課長の負担を軽く出来るようになりたいと思っていたんです。いい機会ですので、刀根の教育は僕に任せてもらえないでしょうか？」

得意の愛想笑いを顔に張り付かせ、尊敬なんて微塵《みじん》もしていない上司を持ち上げつつそう提案した。

課長はしばし考えた後、渋々といった様子だったが「わかった」と頷いてくれた。

「ありがとうございます。勉強させていただきます」

見え透いたおべっかを使う自分に、反吐《へど》が出そうになる。それでも、この場を収めるためだと自分に言い聞かせ、課長に感謝を述べ頭を下げた。

「うん、じゃあ後は任せたよ。ああ、刀根くんには後でちゃんと始末書を書かせるように。僕も確認するから」

「はい、わかりました」

課長はようやく会議室を出て行った。

扉が閉まり、足音が聞こえなくなったのを確認し、ようやく緊張を解く。どっと疲労感が押し寄せてきて、手近にあったパイプイスを引っ張ってきて腰を下ろした。

額《ひたい》にも背中にも、嫌な汗をかいている。肌にまとわりつく感覚が不快で、優貴はネクタイを緩《ゆる》めワイシャツのボタンを一つ外した。

「……課長はもう行ったから、楽にしていいぞ」

その言葉に、頭を下げ続けていた刀根がようやく面を上げる。こちらを振り向いた刀根と目が合ってしまい、何か言われる前に早口で言った。

「お前も座れ」

刀根の近くにあるイスを目線で示すが、彼はなぜかその場に立ったまま動こうとしない。

感情の窺えない顔で黙って見つめられ、自分のしたことを無言で責められているようで居心地が悪くなる。こんなことなら、卑怯者、と罵倒《ばとう》された方がずっとましだ。

優貴は耐えきれなくなって視線を逸らした。

「……言いたいことがあるなら言えよ」

横を向いたまま、ボソリと吐き捨てるように呟《つぶや》いた。一度言ってしまうと、次から次へと言葉が溢《あふ》れてきて、止められなくなる。

「そもそも、どうして黙ってたんだよ。なんで謝ったんだ？　なぜ本当のことを言わない？」

優貴は興奮のままに刀根を詰《なじ》った。

――こんなの、間違ってる。

どうして自分は刀根を責めているのだろう。悪いのは自分なのに。この期《ご》に及んで、難癖《なんくせ》をつけて刀根を悪者に仕立てようとしている。

自分が言うべきことはこんなことじゃないとわかっているのに、素直に謝ることが出来ない。

しかし、見当違いの叱責を受けているというのに、刀根は一切言い返してこなかった。黙って優貴を見下ろしている。

段々と馬鹿にされているような気になってきて、優貴は刀根を怒鳴《どな》りつけた。

「なんとか言えよ！　僕と口を利くのも嫌だって言うのか？　意見を言う価値もないって言うのかよ！」

怒りのまま、机を叩いていた。自分でその音に驚き、ようやく少し冷静さを取り戻す。

――何をやってるんだ、僕は……。

何がしたいのか、自分でももうよくわからなくなっていた。

頭がごちゃごちゃして、思考がまとまらない。こんな風に感情のまま大声を張り上げていたら、刀根とまともな話なんて出来ないではないか。

ほとほと自分が嫌になり、がっくりとうなだれる。

すると、これまで全くの無反応だった刀根が歩み寄ってきて、優貴のすぐ前で足を止めた。何かされるのかとわずかに身を固くすると、予想外に落ち着いた声が頭上から落ちてきた。

「ありがとうございました」

「…………は？」

言われた言葉の意味が理解出来ず、反射的に刀根を仰《あお》ぎ見た。

彼の表情からは怒りも憤《いきどお》りも窺えず、ただ静かに優貴を見下ろしてくる。呆然とする優貴と視線が交わると、刀根は微かに目を細め薄く笑んだかのように見えた。

「課長から俺を助けてくれたんでしょう？　ありがとうございます」

「はぁ？」

感謝される覚えのない優貴は、刀根の言葉を聞いて納得するどころかさらに混乱を深めた。

刀根はたった今、優貴にミスを擦《なす》り付けられたのだ。それで上司から謂《いわ》れのない叱責を受けた。その一連の出来事の中で、どうして優貴が課長を退室させたことだけを取り上げて礼を言えるのだろう。

そもそも、優貴は刀根を助けたわけではない。

このまま課長が罵詈雑言《ばりぞうごん》を浴びせ続けたら、さすがに刀根も我慢出来なくなって本当のことを言ってしまうのではないかと思い、取った行動だ。ずっと頭を下げ続ける刀根を見て良心が痛んだから、というのもあるが、いずれも自分を守るためにしただけだ。

それを、どうしてこの男はそんな風に解釈して、あまつさえ諸悪の根元とも言える優貴に礼を言えるのか。

目の前に静かに佇《たたず》む長身の男が、気味悪くてしょうがなかった。

——これ以上、この男に関わってはいけない。

理解出来ないことへの恐怖から逃れるために、優貴は弾《はじ》かれたように立ち上がり会議室を飛び出した。廊下を足早に歩き、そのまま隅に設《もう》けられている休憩スペースに向かう。目隠し代わりの観葉植物の前に置かれているベンチに腰掛け、呼吸を整える。

どうしたことか、刀根の視界から消えたというのに、なぜか彼のまとわりつくような視線の感覚は消えてくれない。いつまで経っても後味の悪さが残り、優貴を落ち着かなくさせる。

こんな状態で仕事には戻れないため、しばらく休憩スペースで時間を過ごしてから営業部に戻ると、すでに刀根は与えられたデスクで仕事をしていた。

優貴がフロアに足を踏み入れると、刀根が顔を上げこちらを見たがそれも一瞬で、目が合っても何も言わずに、先に視線を逸らされる。それきり一度も振り向かなかった。

その態度が無性に癇《かん》に障り、怒りがわき上がってくる。

——もう知るか！

刀根がそういう態度なら、こちらも気にしない。素知らぬふりで普段通りに振る舞おう。翌日からそう思って過ごしたが、なぜかそれまで以上に刀根のことが気になり、つい目で追ってしまう。そのたびに苛立ちが募《つの》った。

それに対して刀根はというと、相変わらず何一つ態度を変えなかった。

和泉百貨店の件についても一切口にせず、代わりに課長が周りに吹聴《ふいちょう》して回ったため、噂《うわさ》はすぐに広がった。刀根は周囲の人たちから色々と問いただされていたようだが、結局その後も一言も弁解することはなく、優貴も真相を語らなかったので、今回のトラブルは全て刀根のミスのせいだということにされた。

トラブルの対処法も刀根が考え率先《そっせん》して動いてくれたのに、これもまた、優貴が刀根をフォローしたことになっている。

それから数ヶ月が経っても和泉百貨店内の売り場の売り上げは低迷することなく、プロジェクトは大成功を収め、営業部長からお誉《ほ》めの言葉をもらうことも出来た。周囲も優貴に羨望《せんぼう》と尊敬の眼差しを送ってくる。

だから優貴は、日を追うごとにどんどん真実を言い出せなくなってしまった。

周りからの評価を落とすのが怖いというのもあるが、あの日以来、刀根が課長から嫌がらせを受けるようになったからだ。課長はよっぽど刀根のことが気に入らなかったのか、毎日毎日飽《あ》きもせず刀根の仕事の粗《あら》を探し、ミスと言えないようなことも大事にし、皆の前で説教している。自分もそういう目にあうのでは、という思いが優貴の口を噤《つぐ》ませた。

課長に責められる刀根を一部の同僚たちは気の毒に思って陰で慰めていたようだが、表立って彼を庇う人間はいなかった。

そんな日々が続くうちに、上司の不興を買うことを周りも恐れるようになり、徐々に職場で刀根に声をかける者はいなくなっていった。

やがて受け持っていた店舗の担当からも外され、コピー取りや書類の打ち込みなどの雑用ばかり言いつけられ、営業本来の仕事もさせてもらえなくなったが、刀根はそれでもあの一件について口にすることはなかった。

上司に押しつけられた雑用を黙々とこなす刀根を見て、優貴はどうして本当のことを言わないのか、全くわからなかった。自分ならきっとこんな日々は耐えられない。自分がしてもいないことの責任を取らされ、やりがいのある仕事から外されるなんて……。

優貴は上司に叱責される刀根を見るたび、いつか彼が周りに真実を話してしまうのでは、と思い落ち着かない日々を送った。

そうして不安を抱えたまま状況は何も変わらずに月日は流れ、半年後、刀根は営業部からクレーム処理係に異動になった。

そこは閑職《かんしょく》とされる部署で、事実上の左遷《させん》。

刀根は辞令を受けた時もいつもの無表情で、最後まで何も語ることなく、春の訪れと共に営業部から去っていったのだった。

優貴も刀根が異動になってすぐの頃は、さすがに激しい自己嫌悪に陥《おちい》った。

あの時、自分が正直にミスを認めていたら、刀根は今も営業部で働いていただろう。

たまたま上司とそりが合わず仕事に恵まれなかったが、刀根は力のある男だった。本人にもやる気があり、一心に仕事に打ち込んでいた。

それなのに、自分のついた嘘のせいで、一人の人間の人生を狂わせてしまったのだ。

優貴はしばらく悩んだが、最終的に開き直った。

ちゃんと弁解しなかったあの男が悪い、と。

嫌なら真実を言えばよかったのだ。それを、どうしてだかわからないが、現状を受け入れたのは刀根。これがあの男の選んだ人生なのだ。

——忘れよう。

自分のミスも、ついた嘘も、犯した罪も。

何より、罪悪感に苛《さいな》まれ立ち止まっている暇はない。自分は今の立場を失うわけにはいかないのだから。

それに、今さら悔やんだってなかったことには出来ない。

そうして優貴は刀根孝介という男を、意識して忘れ去ったのだった。

まだ夏の暑さが残る九月。

一年前に手がけた和泉百貨店の売り場はその後も順調に売り上げを伸ばし、自社の数ある売り場の中でも常に上位五店舗に入るほどになった。

その業績を高く評価され、優貴はその後も次々に大きな仕事を任され続けて、直属の上司のみならず、取締役にも顔を覚えられるほどになっていた。

ここまでくれば、何より望んだ将来の出世も約束されたようなもの。

まさに順風満帆《じゅんぷうまんぱん》なそんな時、優貴の元にある話が舞い込んできた。

「食事会、ですか？」

「ああ、柏木《かしわぎ》専務がゆっくり及川くんと話がしたいそうでね」

課長に会議室に呼び出され、急にそんな話を振られた優貴は戸惑《とまど》ってしまった。

柏木専務と言えば会長の娘婿《むすめむこ》に当たる人物で、保守的な創業者一族である他の重役たちとは違い、常に時流を読み新しいアイディアを積極的に取り入れ、自ら現場に立ち事業拡大を計っている。また、社員の資格取得を推奨《すいしょう》し補助制度を作ったり、外部から講師を招いての勉強会を行ったりなど、社員教育にも力を注いでいる人格者だ。

優貴は彼が己の才覚のみで一社員から重役にまで上り詰め、さらにその地位にあぐらをかくことなく現在も現場を視察して回る精力的な仕事ぶりを聞くにつけ、驚嘆《きょうたん》と共に尊敬の念を抱いていた。

しかし、いくら専務が役職に捕らわれないといっても、ただの社員の一人に過ぎない優貴が気安く声をかけられる人ではない。これまで会議やパーティなどで何度か顔を合わせ挨拶をしたことはあったが、個人的な話をしたことはなかった。

専務からも特別目をかけられているといった印象は受けていなかったため、突然食事に誘われて優貴が困惑していると、課長はニヤリと下卑《げび》た笑いを浮かべた。

「先々週、和泉百貨店の売り場に行った時、若い女性のお客様に忘れ物を届けただろう？」

言われて記憶をたどると、たまたま売り場に顔を出した時に、メイクのレクチャーを受けていた女性客がポーチを置き忘れ、優貴が彼女の後を追って届けたということがあった。いきなり男に後を追われ呼び止められたら女性客を怖がらせてしまうかも、と危惧し、自分の会社での所属と氏名を名乗ったのだ。やはり女性客は驚いた顔をしていたが、忘れ物を渡すと状況を理解してくれたようで、何度も感謝の言葉を告げられた。

優貴は課長に言われるまで先日の出来事を忘れていた。それにしても、自分自身も忘れていたほどの些細な出来事を、なぜ課長が知っているのだろう。

優貴がそれを尋ねると、課長は笑みを深くして説明してくれた。

「その女性客が、柏木専務の娘さんだったんだ」

「専務の？」

「ああ。雨の中、傘《かさ》もささずに追いかけてきてくれた及川くんに、改めてお礼を言いたいそうだ」

すごい偶然に驚いてしまったが、改めて礼を言われるほどのことはしていない。まして父親である専務も交えて食事とは、ずいぶん仰々《ぎょうぎょう》しいと感じた。

そんなことを考えていると、いきなり課長に両肩を摑まれ満面の笑みを向けられた。

「よくやったな、及川くん！　これで出世間違いなしだ」

「え？　はあ……」

まだ状況をのみ込めていない優貴が気のない返事をすると、課長は上機嫌で笑った。

「まだわからないのか？　柏木専務の娘さんに見初《みそ》められたんだよ。つまり、この食事会は見合いってわけだ」

「見合いですか」

「ああ。君なら上手くやってくれると思うが、くれぐれも粗相《そそう》のないようにな」

課長はさらに優貴の肩を激励するように数回叩き、先に退室した。

――見合い……。

つまり、その先には結婚が待っているということだ。

「結婚、か」

優貴は課長の去った会議室に残り、独《ひと》り言を呟く。

これまでそれなりに女性と交際してきたが、一度も結婚を考えたことはなかった。

家族を持ちたいと漠然《ばくぜん》と考えたことはあるが、自分が結婚し家庭を築く姿がどうしてもイメージ出来なかったのだ。

優貴は先々週会ったはずの女性客の顔を思い出そうとしたが、顔も髪型も服装も曖昧《あいまい》にしか思い浮かばない。

不思議だなと思う。

優貴にとってはその他大勢で記憶に止《とど》まることすらなかった女性。しかし彼女は優貴を、見合いをしてもいいほどの相手だと感じたのだ。彼女の親までも交えて会うというのに、こんなに気持ちに差があって大丈夫なのだろうか。

優貴は一抹《いちまつ》の不安を覚える。

しかし、断ることは出来ない。

断れば柏木専務のご息女《そくじょ》に恥をかかせることになり、今後の人事に悪影響を及ぼすかもしれない。

それに、たとえどんな女性であったとしても関係ない。優貴にとっては彼女が柏木専務の娘であるという事実が重要だった。

課長も言っていたように、専務の娘と結婚すれば将来は安泰《あんたい》。優貴じゃなくても、この会社の社員で出世欲のある男なら誰でも飛びつく話だ。

彼女と会って言葉を交わす前から、優貴の中でこの縁談を受けることは決まっていた。

翌週末。

優貴は手持ちの中で一番上等なスーツに身を包み、指定された料亭へと向かった。

政治家の会合にも使われている、一見様《いちげんさま》お断りの老舗《しにせ》の料亭は全て個室となっている。

一足先に到着した優貴は通された和室でよく手入れされた中庭を眺めながら、気持ちを落ち着けようとしていたが、柏木親子も時間より早く着いたようで、緊張が解ける前に二人が姿を現してしまった。

「待たせたね」

「いえ、お先に失礼しております。営業部の及川優貴です。本日はお誘いいただき、ありがとうございます」

優貴が立ち上がり挨拶をすると、専務は浅く頷き座るよう促《うなが》してきた。

「いきなり呼び出したから驚いただろう？　すまなかったね、どうしても娘の志穂《しほ》が君に会いたいと言うもので、無理を言ってしまった」

優貴の斜め向かい側に専務が腰を下ろす。志穂と呼ばれた女性は、事実をそのまま告げたことを咎《とが》めるように、専務の腕を軽く引っ張った。

「お父さん、そんな風に言わないでよ」

「ん？　だが、本当のことだろう？　お前がどうしてももう一度会いたいって言ったんじゃないか」

「そうだけど、恥ずかしいじゃない」

志穂は正面の優貴と目を合わせることなく、俯いてしまった。

仲のよさが窺える親子のやり取りに、微笑《びしょう》を浮かべながら耳を傾ける。それと同時に、志穂の様子を素早く観察した。

ピンクベージュのAラインシルエットのワンピースに同色のジャケット、首には小粒《こつぶ》のダイヤをあしらったネックレスをつけている。緩くウェーブした髪はトップを後ろでまとめており、薄い化粧を施《ほどこ》した顔と相まって、全体的に清楚《せいそ》で控えめな印象を受けた。

「ほら、及川くんにきちんと挨拶しなさい」

「柏木志穂と申します。本日はよろしくお願いします」

「こちらこそ、よろしくお願いします」

つられて優貴も頭を下げる。

志穂は人見知りらしく、父親とは普通に話をするが、優貴との会話は身構えてしまっているのかぎこちない受け答えしかしてくれない。それでも優貴は仕事で培《つちか》った話術を駆使し、食事が終わる頃には彼女の笑顔を引き出すことに成功した。

正直、上手くいったかどうかわからなかったが、やれることはやったと思う。志穂とはあまり盛り上がらなかったが、専務は終始笑顔で三人での食事を楽しんでくれているようだった。

食後のお茶も飲み終わり、そろそろお開きかという時、志穂が席を外した隙に専務が単刀直入に聞いてきた。

「それで、娘はどうだったかね？」

「素敵なお嬢さんですね。自己主張ばかりすることなく、相手の話に耳を傾けることの出来る、思慮《しりょ》深く思いやりのある方だと思いました」

優貴がそう言うと、専務は目を細め頷いた。

「過保護に育ててしまったからか、少々大人しすぎるところがあって、少し心配してたんだ。そんな娘が、君にずいぶんご執心《しゅうしん》でね。よかったら今度は二人きりで会ってやってくれないか？」

「僕の方こそ、もっと志穂さんとお話したいと思っていたので、またお会い出来るのなら嬉しいです」

優貴の返答に、専務もホッと息をつく。どうやら緊張していたのは優貴と志穂だけではなかったようだ。

ちょうど志穂が戻ってきたので、専務に促されて彼女と連絡先を交換し、その日は終わった。

柏木専務と志穂の乗ったタクシーを店の前で見送ってから、優貴は一人で駅へ向かって歩き出す。

専務も上機嫌だったし、志穂も緊張していたようだが、まんざらでもなさそうだった。志穂のお眼《め》鏡《がね》にもかない父親である柏木専務のお許しも出たし、このまま何度か二人でデートを重ね優貴から正式に交際を申し込み、頃合いを見てプロポーズをすれば、結婚まで順調にことが進みそうだ。

当初の目標を達成出来そうで安堵する。

「この僕が、結婚か……」

歩きながら苦笑が零れる。

――一生、縁のないものだと思ってたのにな。

こういう時、人生とはわからないものだと、つくづく感じる。

優貴は家族というものをよく知らない。

両親は若くして結婚し、優貴が生まれた直後に離婚した。優貴は母親に引き取られたが、若く美しかった母は、母親であることよりも一人の女性として生きることを望んだ。

母子二人でアパートで暮らしていたが、母はあまり家に帰ってこず、二、三日に一度顔を出して食パンやカップラーメンを置いてまたすぐ出て行く。優貴は母の手料理なんて食べたことはなかった。

でも、他の家庭を知らないから、これが普通だと思っていたのだ。

そして、小学校へ上がる歳《とし》になった頃、母がいつものように綺麗《きれい》に化粧をして「明後日には帰ってくるから」と言って出て行った。優貴は玄関ドアの前に布団《ふとん》を持っていき、そこでずっと母の帰りを待っていたが、約束の日になっても母は帰ってこなかった。

それからも毎日毎日、ドアを見て過ごした。

そうして数日が過ぎようやくドアが開き、母が帰ってきたと喜んだが、ドアの向こうに立っていたのは見知らぬ女性だった。

女性は優貴に優しく笑いかけ「一緒に行きましょう」と手を差し伸べてきたが、母を待たなくてはならない、と断った。

「お母さんはしばらく帰ってこれないの。だから一緒に行きましょう。お腹いっぱいご飯を食べられるわよ」

困ったような悲しそうな顔をして、女性は優貴にそう言った。

空腹で限界だった優貴は女性に促され、久しぶりにアパートの外に出た。最初に吸い込んだ空気がとても澄んでいてびっくりしたのを今でも覚えている。

アパートの外には女性の他に、三人ほど大人が立っていて少し怖かったが、女性に手を引かれて停《と》めてあった車に乗せられ、ある建物に連れて行かれた。

当時は幼くて説明されても理解出来なかったが、後であの時連れて行かれてしばらく暮らしたところが、養護施設だということを知った。

同じアパートに住んでいた人が、いつも一人で留守番をさせられている優貴のことを心配して、何度か児童相談所に連絡していたらしい。そして、母が優貴の小学校入学の手続きに行かなかったことが決定打となり、あの日、優貴を保護することになったそうだ。

自分を守るためにしてくれたことだが、幼い優貴は突然の環境の変化に戸惑った。

施設で暮らし始めてからも、すぐに母が迎えに来てくれると思っていたのに、三日経っても一週間経っても迎えに来ない。

段々不安になり、職員に何度も「家に帰りたい」と訴えた。

家にいないと母が心配する、家に帰らせて、と毎日お願いしたが、結局、二度と母と暮らしていたアパートには帰れず、存在すら知らなかった父親に引き取られることになったのだった。

しかし共に暮らしても、父もまた優貴を愛してくれることはなかった。顔を合わせてもすぐに視線を逸らされ、呼びかけても返事すらしてくれない。

そうした日々が続き、優貴は気づいた。

——僕は、誰にも愛されない子供なんだ。

それなら、愛されることを諦めれば、傷つくこともなくなる。

優貴は自分の心を守るため、人に過度な期待をしないようになっていった。

それは今も同じ。

そんな家族というものを知らない自分が結婚し家庭を築けるのか、不安はある。

でも、結婚も所詮《しょせん》は打算だ。

——愛が全てじゃない。

本音を言うと、特別志穂のことを気に入ったわけではなかった。女性らしい、大人しそうな外見や控えめな笑顔には好感を持ったが、優貴の心を揺さぶるほどではない。だが、大事なのは優貴の気持ちではなく、志穂と結婚することだ。

出世すれば、さらに多くの給料をもらえるようになるのだから。

言葉だけの愛だのなんだのより、金の方が目に見える分、わかりやすいし信じられる。

だから、愛してはいないけれど、自分を出世させてくれる志穂のことは大切にする。

優貴はその日から志穂と頻繁《ひんぱん》に連絡を取り合うようになり、見合いから半月後には結婚を前提とした交際をスタートさせたのだった。

優貴が婚約間近だという噂は瞬《また》く間に広がった。直接真偽《しんぎ》のほどを確認してくる者も多く、優貴が志穂との交際を認めるたび、質問してきた女性に落胆《らくたん》の表情を浮かべられた。

男性社員の中には優貴のことをやっかんで、顔と身体で出世を手に入れたと、陰で悪《あ》しざまに言う者もいたようだが、表面上は普通に接していた。そんな輩《やから》をいちいち相手にしていられないし、なんと言われようと結果が全て。最後に笑った者勝ちなのだ。優貴は中傷されても笑って聞き流していた。

しかし、全てが上手く運んだわけではない。一つ誤算が生じた。

それは社内で婚約話を知らない人はいないくらいになった頃に起きた。

その日は仕事を終えた後、志穂と食事に行く約束をしていた。

早々に仕事を片付け会社を出て待ち合わせの駅への道のりを歩いていると、ふいに呼び止められた。

「及川主任」

声のした方を振り向くと、駅へと向かう人の流れを止めるように立っている男がいた。

背が高く、いつも暗い色のスーツを着ていた男。顔を確認しなくても、その立ち姿を見ただけで刀根だとわかった。

刀根は優貴と目が合うと、にこりともせずに人混みを縫《ぬ》うようにこちらに近づいてくる。身体は反射的に逃げ出そうとして数歩後ずさりしたが、刀根の動きは素早くそれは叶《かな》わなかった。

「お久しぶりです」

刀根はそう言って優貴を正面から見下ろす。その顔は以前と同じ無表情で、何を考えているのか読みとることは出来なかった。

優貴は突然の再会に、ただただ驚いて言葉を失う。

——今さらなんの用だ。

同じ社内にあるとはいえ、フロアも仕事内容も異なる部署で働く今、刀根を見かけることもなく彼の存在は忘れていた。

しかし、優貴はそうでも、刀根は違うだろう。

彼は優貴にミスの責任を擦り付けられ、閑職に飛ばされ出世の道を絶たれた。対して優貴は仕事もプライベートも順風満帆。恨《うら》んでいないはずがない。

これまで一度として顔を合わせることがなかったのだから、今日ここで会ったのも偶然ではないだろう。きっと待ち伏せていたに違いない。

優貴の気持ちは刀根の出現に対する驚きから、何をされるのかわからないことへの恐れへと形を変えていき、顔が見る見る強《こわ》ばっていった。

いっそのこと、あからさまな恨み言をぶつけてくれた方がすっきりするし、対処のしようもある。

しかし、刀根の顔には一切の感情が浮かんでおらず、それが余計に恐怖心を煽《あお》った。

「これからお帰りですか？」

「………ああ」

「そうですか。なら、少しお時間をいただいても？」

――嫌だ。

即座にそう切り返したくなったが、男の纏《まと》う無言の圧力に負け、頷いていた。

「ここでは邪魔になりますから、移動しましょう」

刀根が先に立って歩き出す。

向けられた背中を見て、逃げてしまおうかという考えが頭を過《よぎ》ったが、今逃げても、この男はまた自分の前に現れる気がした。それなら、早々に話をつける方が得策だろう。優貴は刀根の後ろについていく。

刀根は振り返ることなく歩き続け、駅近くの一軒の喫茶店の前で足を止めた。ここは会社の人間がよく使っている店だ。自分を知っている人が訪れる場所で、この男と話をしたくない。

優貴は店に入ろうとしている刀根を引き止め、駅を越えたところにある公園に誘った。刀根も了承してくれ、人気のない小さな公園のさらに奥まったところへと移動する。

「こんなところに公園があったんですね」

刀根は初めて訪れた物珍しさからか、奇妙な形のオブジェとベンチが点在しているだけの園内を見回している。

「もう五年もこの街で働いているのに、駅の向こう側がどうなっているのか、知りませんでした」

「……それより、なんの用だ。この後、人と会う約束があるんだ。話があるなら早くしてくれ」

呑気《のんき》に刀根の雑談に付き合う暇はない。優貴はすぐに本題を切り出した。その途端、刀根の目がわずかに細められ声色が低くなる。

「約束している人というのは、柏木専務のお嬢さんですか?」

「……ああ」

社内で周知の事実となっているのだから、今さら嘘をついても仕方ない。優貴が肯定すると、刀根は抑揚《よくよう》のない声で質問を続ける。

「彼女と付き合っているんですか?」

「ああ」

「同じ会社の人間と付き合うつもりはないとおっしゃってましたよね」

「彼女はうちの社員じゃない」

刀根は、ああそうでした、と言い、「結婚するんですか?」とさらに聞いてきた。

隠すようなことではないので、頷いて肯定する。

「彼女のことを好きなんですか?」

矢継ぎ早に、ごくごくプライベートな質問をされ、優貴は段々不愉快になってきた。それを隠さず顔に出す。

「さっきからなんなんだ、次から次へと質問ばかりしてきて」

会社でも幾度となくされた質問だが、どうしてか刀根が相手だと上手くあしらえない。

刀根はゴシップ好きには見えないし、いったいこんなことを聞いて何がしたいのだろう。

「話がそれだけなら僕はもう帰らせてもらう」

付き合っていられないと切り上げようとすると、刀根に手首を摑まれ動きを制された。

「おい」

「まだ俺の質問に答えていません。彼女のことを好きなんですか？　だから結婚するんでしょう？」

「お前には関係ないことだろ」

「答えてください」

「なんでお前に話さないといけないんだ」

摑まれた手首が痛い。

この質問にどんな意味があるのかわからないが、刀根は執拗に優貴に返答を求めた。

優貴は拘束から逃れようと身を捩《よじ》る。

「とにかく、手を放せっ」

渾身《こんしん》の力で腕を振り払うと、ようやく刀根から解放された。

そのまま立ち去ろうとしたが、背中に低い声がかかる。

「質問に答えないのなら、あのことを営業課長に話します」

その言葉に、優貴の足がぴたりと止まった。

『あのこと』とは、言われるまでもなく刀根にミスを擦り付けた一件だろう。

今このタイミングでその話題を出してきた真意はなんなのだろう。

脅《おど》しのような真似までして、そんなに志穂のことを好きかどうか、知りたいのだろうか。

いずれにしろ、この男が周りに真実を話したら自分はお終《しま》いだ。

ミス自体は挽回出来ているからそれほどお咎めはないだろうが、ミスをフォローしてくれた後輩に全ての責任を押し付けたことがばれたら、優貴の信用は地に落ちる。もう誰も傍に近寄らなくなるかもしれない。

優貴は歯噛みしながら刀根を仰ぎ見る。

この男の犠牲の上に、今の自分の生活がある。

それを悪いと思ったこともあるが、融通の利かない刀根に、どうしてもっと上手く立ち回らないのだと呆《あき》れてもいた。

その上、彼が何も言ってこないのをいいことに、優貴は全てをなかったことにして、自分だけ幸せになろうとしていたのだ。

——でも、それの何が悪いっていうんだ。

文句があれば言えばよかったのだ。その時間はいくらでもあった。それをしないで、どうして今になって蒸し返すのだろう。

あと少しで、何より望んだ将来の安定を約束されるという時になって……。

けれど、どんなに疎ましく思っても、刀根に逆らうことは出来ない。

刀根に自分の今後の人生の明暗を握られているということに、ようやく気がついた。

「……好きじゃない。でも、彼女だって僕を愛してないさ。僕が安定した生活をさせてくれる見込みのある男で、見た目が合格点だったから、結婚を考えたんだろう。僕だって利用するつもりなんだから、それはお互いさまだ」

これが優貴の本心だった。けれど、結婚したら周りから理想的だと言われるような家庭を築こうと決めている。

自分が結婚する相手に志穂を選んだ理由は、誰にも……もちろん本人に言うつもりも、悟られるような素振りさえもしないように気をつけていた。

打算で決めた結婚だと知ったら、誰だっていい気分ではないだろう。たとえそれが真実だとしても、世の中には知らない方が幸せなこともあるのだ。

ずっと隠し通すつもりだった、自分の浅ましい部分を突いてきた刀根。

どうしてこの男にこんな話をしなくてはならないのか、と憤りながら刀根を睨みつける。

刀根は眉間に皺を寄せ一瞬だけ瞳に感情を宿したかのように見えたが、すぐにいつもの無表情に戻った。

「わかりました」

刀根はそう言って顔を伏せた。

今度こそ話が終わったと思い、優貴は安堵する。

「じゃあ、僕は行くから」

ところが、立ち去ろうとすると、またも引き留められてしまった。

「いえ、本題はこれからです」

まだ何かあるのかと、うんざりしてくる。

刀根は不機嫌な顔をしている優貴を、体温を感じさせない瞳で見下ろしてきた。

「あの一件を黙っていてほしいのなら、条件があります」

やはり、それが本題か。

ならさっさと切り出せばよかったのに。

「……お前の出した条件とやらをのめば、黙っているんだな？」

優貴は努めて冷静に尋ねた。刀根は優貴を見据え、しっかりと頷く。

「はい。一切公言しないと誓います」

「わかった。その条件を聞こう」

刀根が目をすっと細める。その漆黒《しっこく》の瞳の色に、刀根が心の奥に秘めているほの暗い部分を垣間見《かいま》た気がした。

共に仕事をしていた時から、彼は頭が固く、曲がったことを許さない馬鹿正直な人間だった。

浮いた噂を一度も聞いたことがなく、同僚とも飲みに行ったりもしていないようだった。勤勉な勤務態度を目にするたび、何が楽しくて生きているのかと聞きたくなるほど、堅実な人生を歩んでいるように見えた。

しかし、結局この男も欲深い人間だったのだ。

刀根が欲しているだろうものを、優貴から口にした。

「金だろ。いくらほしい？」

清廉潔白《せいれんけっぱく》な人間に見えても、刀根も俗物だったのだと思い、そのことがなぜか優貴を失望させる。

しかし、要求はそれに違いないと思っていたのに、刀根は薄い笑みを浮かべ頭を左右に振った。

「金はいりません。そのかわり、俺と寝てください」

「……は？」

「俺とセックスしてくれたら、黙っています」

要求が予想外すぎて、呆気《あっけ》に取られた。

からかわれているとしか思えない。

弱味を盾に優貴に無理難題をふっかけて、どんな反応をするか面白がっているとしか……。

優貴は、ふざけるな、と怒鳴りつけようとして、ふとある可能性に気づく。

——まさか、まだ僕のことが好きなのか？

刀根に好きだと告白されたのは、もう一年以上前だ。その時にはっきり断ったし、何より、ミスを擦り付けた張本人である自分のことなど、ずっと想い続けられるわけがない。

おそらく、左遷させられた腹いせに、優貴が困る交換条件を提示してきたのだろう。

そう考えつつ男の顔色からその腹の底を探ろうとしたが、刀根はいつもの無表情でとうてい真意を推《お》し量《はか》ることは出来なかった。

優貴は考えた。

この状況を、自分に有利に持っていく方法を。

しかし、考えても考えても解決策は浮かばない。

刀根は、微動だにせず優貴の回答を待っている。

――考えても仕方ない。

優貴はスマホを取り出し、志穂にメールを打ち、食事の約束をキャンセルする。

優貴にはもう、刀根の要求をのむ道しか残されていなかった。

刀根に連れて行かれたのは、会社の最寄《もよ》り駅から二駅離れたところにあるビジネスホテルだった。

刀根が選んだ部屋はツインルームだった。男二人でダブルに泊まるのは不審に思われるからだろう。

刀根に続き部屋に入り、狭い部屋の大部分を占める二つのベッドを見た優貴は、その場から動けなくなった。

出張の際はビジネスホテルによく泊まっている。どこも似たり寄ったりの造りだから、勝手がわからず戸惑ったわけではない。

ただ、ベッドを見て急に意識してしまったのだ。

――これからこの部屋で、男に抱かれる。

女性とはもちろん経験があるが、男とは初めてだ。おそらく、刀根が自分を抱くのだろう。要は優貴が女役をするということだ。これまで男とセックスすることなど考えたこともなかったから、これから起こることは未知の領域だった。

「どうしました？」

優貴がベッドを見つめたまま硬直していると、刀根が訝《いぶか》しげな顔で声をかけてきた。刀根はソファに鞄を置き、すでにスーツの上着を脱いでいる。

これまで刀根の体格など気にしたことはなかったが、こうしてシャツだけの姿になると、広い肩幅から厚い胸板、引き締まった腰に長身であることも相まって、彼のスタイルのよさが目についた。

「緊張してるんですか？」

刀根が優貴の方へと歩み寄ってくる。近くまで来た時に、顔を覗き込むようにして図星《ずぼし》を指してきた。

キッと刀根を睨みつけると、彼は抑揚のない平坦な声で答えたくもない質問をしてきた。

「男と寝たことは？」

「……あるわけないだろ」

その答えに、刀根がわずかに口元を緩めたのがわかった。

「わかりました。では、ゆっくり進めますね」

なんとなく馬鹿にされたような気がして、つい優貴も聞き返していた。

「お前は男と経験があるのか？」

「さあ、どうでしょう」

刀根はぐらかすように言い、断りもなく優貴の顎《あご》を取り、突然口を塞《ふさ》いできた。

「ん、んっ」

男にキスされているとわかり、全身に鳥肌が立つ。嫌悪感から反射的に身を捩るが、刀根の方が力で勝《まさ》っているようで逃げることは叶わなかった。

腕を突っ張って少しでも刀根を遠ざけようとしても大した抵抗になっていないらしく、相手は全く意に介さずさらに深い口づけを求めてくる。

「やめっ、んんっ！」

思わず声を零したその時、開いた唇から刀根の舌が侵入してきた。上顎を舐《な》め、歯列《しれつ》をなぞり、縮こまっている優貴の舌を絡め取る。激しい口づけからなんとか逃れようとするが、刀根がそれを許さない。

気がつけば刀根の右手は優貴の腰に回され、身体を密着させられていた。

荒い息を吐きながら、どんどん熱を帯びていく口づけ。

やがて腹の辺りに固い物が当たっていることに気づいてしまい、その瞬間、優貴は無意識に刀根の舌に歯を立てていた。

「っ……！」

刀根が素早く身を引く。ようやく解放され、優貴は刀根と距離を取った。

「やってくれましたね」

咄嗟に取った行動だったため、自分が何をしたのか理解するまでに少々時間を要した。ふと我に返ると口内で鉄の味がして、刀根の舌に噛みついたのだとわかった。

刀根が眉間に皺を寄せ、口元を押さえている。血が出るほど噛んだのだから、痛かっただろう。だが、謝る気はさらさらなかった。

「大人しくしていた方が利口ですよ」

刀根が子供を諭すような口調で、そんなことを言ってきた。

優貴は刀根を睨みつける。

「あなたは自分の意志で取り引きに応じた。なら、大人しく俺に抱かれてください」

——嫌だ。

心も身体も、全身全霊でこの男を拒絶している。

本音を言えば、今すぐこの場から逃げ出したかった。

しかし、逃げたら刀根は確実にあの一件をばらす。そうしたら自分はお終いだ。

優貴は観念し、刀根から視線を逸らした。

こうやって逃げていては、いつまで経っても終わらない。どうせしなくてはならないのなら、我慢して少しでも早く終わりにしよう。

「シャワーを浴びさせてくれ」

優貴は決意を固め、上着を脱ぐとバスルームへと向かう。

「シャワーは浴びなくていいです。そのままこちらへ来てください」

刀根が片方のベッドに腰を下ろし、手招きする。

シャワーを口実に、出て行くとでも思ったのだろうか。だが、優貴にはそんなことは出来ない。それをそのまま刀根に伝える。

「逃げたりしない」

「そうですか。でも、俺は別にシャワーを浴びてなくても気にしないので」

真夏に比べればずいぶん涼しくなってきたとはいえ、営業職で外を歩き回ることが多いため、それなりに汗をかいている。シャワーを浴びずに男に抱かれるのも、シャワーを浴びていない男に触れるのも、どちらも嫌だった。

「僕は気になるんだ。少しくらい待てるだろ」

「待てません」

「シャワーくらい、浴びさせてくれ」

しかし、刀根は頑《がん》として引かない。

「そのままでいいですから、こちらへ」

繰り返される押し問答に嫌気がさし始めた時、同じくしびれを切らしたらしい刀根が突然立ち上がり、腕を摑んで強く引っ張ってきた。

「な、何を……っ」

バランスを崩した優貴は、刀根の腕の中へと倒れ込んでしまう。そのまま力ずくでベッドに連れて行かれ、押し倒された。刀根は優貴が起き上がる前にのしかかり、服の上から上半身をなで回してきた。

「い、嫌だ！」

優貴の訴えを無視し、刀根は行為を続行する。

器用にシャツのボタンを外され上半身をはだけさせられ、素肌に優貴より体温の高い手の平を押し当てられて、その気色《きしょく》悪さに怖気《おぞけ》が走った。

抵抗してもしょうがないとわかっているが身体は正直で、どうしても刀根を押し返そうと手足をばたつかせてしまう。けれど刀根はそれをものともせず、胸の突起を指先で挟んで刺激してきた。

どんなにそこをしつこくいじられても、女性ではないのだから気持ちよくなどならない。それどころか次第に痛みを伴うようになってきた。

「痛っ」

たまらず訴えると、刀根がようやくそこから手を離す。

しかしそれで終わりにしてくれるはずもなく、刀根の手が今度は下へと降りていき、スラックスのベルトを外しにかかった。

「や、やめろっ」

咄嗟に刀根の手首を摑んで動きを制す。

——やっぱり無理だ。

男同士でセックスなど、出来るはずがない。こんなことで口封じをしようなんて間違っていた。

たとえ刀根に自分のしたことを吹聴されたとしても、それを挽回出来る方法が何かあるはずだ。

だからもう、ここから逃げ出そう。

「終わりにしてくれ」

刀根に懇願《こんがん》する。

刀根は無表情で優貴を見下ろし数秒動きを止めたが、再びベルトを外しにかかった。

「おい、もう終わりにしろと言っただろ！」

優貴がそう言っても刀根の動きは止まらない。狼狽《うろた》える優貴の手を弾き、ベルトを抜き取りファスナーを下げる。そして下着の中へと手をさし込んできた。

「やっ……！」

なんとか刀根の手から逃れようともがくが敵《かな》わない。

あっと言う間に中心を直《じか》に触られ、何をされるかわからない恐怖で身が縮こまる。

「や、やめてくれ」

何を言っても刀根は無言だった。

仕事をしている時と同じ難しい顔をして、反応を示さない優貴の中心に刺激を加える。

だが、生理的に受け付けられない相手との行為は、何をされても嫌悪感が先に立ち快感など微塵も訪れない。

しばらく中心をいじっていたが、優貴が反応しないことでようやく諦めたのか、刀根の手がそこから抜き取られる。しかし、ホッとしたのも一瞬で、素早い動きで下着ごとスラックスを脱がされてしまった。咄嗟にシーツを身体に巻き付け後ずさり、刀根と距離を取る。

その姿を見て、何がおかしいのか刀根が笑みを作った。

「恥ずかしいんですか？　男同士なんだし、別にいいでしょう」

「そういう問題じゃないっ」

「そんなに怯《おび》えなくても大丈夫ですよ。痛いことはしませんから」

口調はいたって穏《おだ》やかで、仕事をしている時よりも優しい響きを含んでいるのに、優貴の耳には怒鳴られるより恐ろしく聞こえた。

もう虚勢を張る余裕すらなく、刀根から逃れるためベッドから下りようとしたが、足首を摑まれ動きを封じられてしまう。

「はなせっ」

刀根が聞くはずもなく、足を引かれ彼の元へと戻された。引きずられた拍子に巻いていたシーツがずれ、それに気を取られている隙に身体をうつ伏せにされる。

「うわっ」

腰に巻き付いていたシーツをはぎ取られ、むき出しの臀部《でんぶ》に刀根の手がかかり左右に割り広げられる。驚いて身を強ばらせた優貴のことなどおかまいなしに、刀根は奥にある固く閉ざされた蕾《つぼみ》に無遠慮に触れてきた。

乾いた指先でそこをなぞられ、全身にさらに力がこもる。

すると何かを確かめるように蕾の上を行き来していた指が一旦離れ、そしてすぐにまたそこに戻ってきた。

先ほどとは違い、濡《ぬ》れた感触を纏った指が、入り口を何度もノックする。

少しでも優貴の気を紛《まぎ》らわそうとしたのか、刀根に腰を持ち上げられ、再び中心に手を伸ばされた。

やわやわと中心を揉《も》まれ、快感ではなく恐れから力がわずかに抜ける。その一瞬を刀根は見逃さず、指がゆっくりと中へ侵入してきた。

「うっ……っ」

これまで体験したことのない不快感に眉を寄せる。無意識に押し出そうと力を入れるが、中心を優しくしごかれ、詰めていた息を吐き出した。

刀根は慎重に指を進め、前への刺激も絶えず加えてくる。こみ上げてくる嫌悪感と苦しさから抵抗も出来ず、優貴は息をするだけで精一杯という状態になった。

「そのまま、力を抜いていてください」

「え？　……あ、ひっ」

言葉と共に指が引き抜かれ、代わりに熱い固まりによって蕾を開かされていく。

優貴の位置からでは刀根の様子を把握出来なかったが、予想よりもずっとスムーズに挿入されたので、何か後ろに塗られたのかもしれない。おかげで痛みはほとんど感じなかったが、指とは比べものにならない圧迫感に軽いパニック状態になる。なんとか逃げ出そうとずり上がった身体を刀根に押さえつけられ、さらに奥へと熱い楔《くさび》を打ち込まれた。

「いや、いやだっ」

シーツを握りしめ同じ言葉を繰り返す。いつの間にか両の目からは幾筋もの涙が零れていた。

優貴の中に全てを収め終わったのか、ようやく刀根の動きが止まる。

後ろにあるものをどうしても意識してしまい思わず強く締め付けると、背後で刀根が低く呻《うめ》くのが聞こえた。

「そんなに締めないでください」

そう言われても、自分ではどうにも出来ない。もう言葉すら発せず、しきりに頭を左右に振った。

――どうしてこんなことに……。

その言葉だけが頭の中を旋回する。

「息を吐いて」

その時、優貴の思考を遮るように刀根の声がすぐ近くから聞こえてきた。

身体を密着させ、耳朶《じだ》に吹き込むようにして下された命令に、嫌悪感から鳥肌が立つ。

息を詰めさらに身体を固くした優貴に気づき、刀根は諦めたようにため息をつくと、優貴の中心に指を絡めてきた。

「はあ……」

唇から無意識に吐息《といき》が零れる。優貴の反応を確かめながら、刀根はゆっくりと律動《りつどう》を始めた。

「あうっ、うっ……」

引き抜かれ打ち込まれる。そのリズムに合わせて前にある手を動かされた。

心は拒絶していても、直接的な刺激に身体は変化し始める。嫌なのに、刀根の手の中で優貴の中心は少しずつ嵩《かさ》を増していった。

その事実が許せなくて、気を紛らわせるために唇を噛みしめ、さざ波のように訪れる快楽をやり過ごそうとした。

「何をしているんですか」

それを目ざとい刀根に見つかり、無理矢理口の中に指を差し込まれた。

「傷がつくでしょう」

人にこんなひどいことをしておいて、気にかけるのはそんなところなのか。刀根がこの行為を今すぐ中断すればすむことなのだと伝えようとするが、口内にある指が邪魔をする。たまらず歯を立てようと顎に力を入れたが、その瞬間、中心に絡む指が敏感な部分をすうっとなでた。

「あっ！」

反射的に甲高い声を上げてしまう。

やめてほしいのに、刀根は何度もそこを優しくなぞってくる。気がつけば優貴の中心はすっかり形を変え、刀根の手の中で反り返っていた。

驚愕《きょうがく》で言葉を失っている間も、刀根の動きは大胆になっていき、優貴を高みへと追い上げていく。

この男の手によって絶頂を迎えるなんて絶対にごめんだ。

優貴は必死に気を逸らそうとしたが、刀根は巧みに追いたててくる。

「やめ……っ！　ああっ！」

手の動きが速まり、強制的に射精させられていた。これまでで一番みじめな行為だった。情けなくて、止めどなく涙がこみ上げてくる。

悔しさを噛みしめていたその時、背後の刀根が一際《ひときわ》強く腰を打ちつけてきた。

「ひっ……あ……っ」

刀根が動きを止め、その直後内側にある剛直が脈打ったのを感じた。

刀根が自分の中で果てたのだと悟り、これでようやく解放されるという安堵感と共に、強烈な吐き気に襲われる。

——刀根と、セックスした。

嫌だと言っても放してもらえず、強引にいかされ刀根もまた優貴の中で果てた。

その事実を改めて認識し、気持ち悪くて仕方なくなる。

刀根は後ろから自身を引き抜き、優貴の髪をかき上げて顔を覗き込んできた。

「大丈夫ですか？」

刀根の顔を見た瞬間、これまで感じたことのないほどの怒りが腹の底からわき上がってきた。

何度もやめてくれと訴えたのに、この男は全く聞いてくれなかった。

散々好き勝手した後で今さら何を気遣うのだろう。

気がついたら衝動のまま、刀根を突き飛ばしていた。

そうして刀根が怯《ひる》んだ隙に、ベッドを下りようと床に足をついたが、力が入らず崩れるように座り込んでしまう。

すぐに横から刀根の腕が伸びてきたが、それをはねのけ男を睨みつけた。

「僕に触るな！」

刀根との行為は、嫌悪感と屈辱《くつじょく》、苦しさにひたすら耐えるだけの時間だった。

それがようやく終わったのだから、もう指一本触れてほしくない。

——何をやっているのだろう。

仕事でミスをしてそれを人に擦り付けて、黙っていてもらう代わりに男に抱かれた。

——最低だ。

どれを取っても。

それでも、守りたかったのだ。

これからの人生を。

「僕は言われた通りにした。お前も約束を守れ」

優貴がそう告げると、刀根の瞳が暗く陰る。

何か言われるのかと身構えたが、刀根は「ええ」と頷いたきり、それ以上は何も言ってこなかった。

優貴はこれで全てが終わったと安堵する。

後は、刀根が営業部から異動させられた時のように、この嫌な記憶を忘れるだけだ。

刀根と過ごしたこの夜のことは、忘れよう。

そしてまた明日から、これまで通りの日常を過ごすのだ。

これでようやく元通りだ。

優貴はだるい身体を動かし衣服を身につけていく。

優貴の目にはもう、刀根の姿は映っていなかった。

「間に合うかな」

優貴は独り言を呟きながら、銀行に併設されているATMに繋がる長蛇《ちょうだ》の列と腕時計を見比べた。明日から三連休ということもあり、どこも大変混雑している。

予想よりも時間がかかってしまいそうで、焦りから何度も時計を確認してしまう。この後、刀根と会うことになっているのに、まさかこんなに混んでいるとは思わなかった。

——うっかりしていた。

今週はずっと仕事が忙しく、帰宅も終電手前という生活で、振り込みを忘れてしまっていたのだ。今日、催促の電話をもらい、慌てて刀根との待ち合わせ前に会社近くのATMに寄ってみたのだが、この調子では約束の時間に遅れてしまう。

そのことを伝えておこうと、スマホを取り出し電話をかけようとして、急に気が重くなり手が止まる。これから自分の身に起こることを想像し、憂鬱《ゆううつ》になった。

刀根と初めて身体を重ねてから、一ヶ月近く経っている。

てっきり一度きりのことだと思っていたのに、刀根は翌週も優貴を呼び出し身体を要求してきた。

約束が違う、と拒んだが、一度でいいとは言っていないと言われれば、優貴にそれ以上拒否権はなかった。

それからというもの、毎週末刀根に呼び出され、セックスを強要されている。

男に抱かれて嬉しいはずがない。

それに、自分を抱いている最中も刀根は無表情で口数も少なく、彼自身もこの関係を楽しんでいるようには見えなかった。それなのに、週末が近づくと必ず事務的な呼び出しのメールが届き、刀根は優貴の身体を求めてくる。

相変わらず刀根が何を考えこんなことをしているのか、理解出来なかった。

そして理解出来ないからこそ、刀根を気味悪く感じ、優貴は次第に少しでも二人きりになるのを先延ばしにしようと、約束の時間ギリギリに待ち合わせ場所に行くようになっていった。

小さくため息を零し、スマホをポケットに仕舞う。

刀根の呼び出しは一方的で、メールには日時と場所が記《しる》されているだけ。優貴の都合を聞いてきたことなど一度もない。志穂と約束していた日もあったが、刀根を優先する他なく、そのため最近は彼女と会う時間も減っている。

これまで優貴は仕事もなんとか都合をつけ、彼の要望通りにしてきた。けれど、刀根への鬱憤《うっぷん》は溜まる一方だ。

ささやかな反抗のつもりで、遅刻することを連絡しないことにした。

自分を待ってやきもきすればいい。あわよくば、待ちくたびれて帰ってくれたら万々歳だ。

優貴はまだ先が長い列を見ながら、ほくそ笑んだ。

優貴が待ち合わせ場所に着いたのは、約束の時刻より三十分ほど遅れてだった。

会社の最寄り駅を通り抜けた先にある小さな公園。最初の日に刀根に呼び止められた時に使ったそこを、待ち合わせ場所にしている。

もういないかもしれない、と淡い期待を抱きながら、歩調を速めることもなくたどり着いた公園の入り口から園内を見渡す。けれど、中央の円形のベンチの前に立つ背の高い男の姿を見つけ、優貴は小さく舌打ちした。今日は刀根に付き合わされずにすむかも、と思った分だけ落胆も大きい。

仕方なくゆっくり近づいていくと、手の中にあるスマホに視線を落としていた刀根が、優貴に気づき顔を上げる。

その表情を目にし、優貴は思わず立ち止まっていた。刀根は眉間に皺を刻んだ鋭い目つきをしていて、大幅に遅刻したことを怒っているように見えたからだ。

優貴は遅れた言い訳を述べようと口を開く。しかし、それより先に刀根が駆け寄ってきて、気遣わしげに声をかけてきた。

「大丈夫ですか？」

「は？」

「連絡もないし、電話しても出ないしで、もしかして事故にでもあったんじゃないかって、心配してたんです」

刀根は優貴に変わりがないことを確認し、無事だとわかると心底安堵した顔になった。てっきり遅刻したことを怒られると思っていたのに、見当違いな心配をされていたことを知り、戸惑ってしまう。

「いつも時間に正確なあなたがこんなに遅れるから、慌てました。何事もなくて本当によかった」

刀根があまりにもホッとした顔をするから、わざとゆっくり来たとは言えなくなった。

優貴は遅刻した理由には触れず、謝りもせず、「電話、気づかなかった」とだけ伝えスマホを取り出す。マナーモードにしてあったため着信に気づかなかったのは本当で、確認すると刀根からの不在着信が五件ほどきていた。

「すみません、何かあったのかと早とちりしたもので、何回もかけてしまって。伝言も残してしまったんですけど、消しておいてください」

刀根はばつが悪そうな顔をしてそう言った。優貴は頷き、後で消去しようとスマホを仕舞う。

その後は珍しく居酒屋に誘われ、そこで軽く食事をして終わった。駅の改札を通ったところで別れて帰路につく。あっさり解放され、てっきりホテルに行くものだとばかり思っていた優貴は拍子抜けした。

居酒屋で向かい合っていても、刀根は全くと言っていいほど話さなかったし、ただ二人で黙々と料理を口に運んでいた。飲む気分でもなかったので酒もなく、何も楽しくない時間だったが、今夜は刀根とセックスしなくてすんだからよかった。

そんなことを考えながら電車を待っていると、反対側のホームに刀根の姿を見つけた。

ふと思い出して、スマホに残っている刀根からの伝言を再生する。

耳に当てたスマホから、自分の身を案じている刀根の声が聞こえてきた。

どんな時も落ち着いていて、慌てた姿は一度も見たことがない。同じ部署で働いていた時も優貴に頼ってくることもなく、すぐに仕事に慣れて問題が起きても一人で対処して、手はかからないが可愛げのない後輩だと思っていた。

そんな刀根が、早口になって『大丈夫ですか』と何度も繰り返している。

「……馬鹿じゃないのか」

どうしてこの男は自分のことをここまで心配出来るのだろう。

ミスを擦り付けた人間のことを。

底抜けのお人好《よ》しか、それとも、やはりまだ自分のことを好きだとでも？

いずれにしても、とてつもない馬鹿だと思った。

「……っ」

あまりにも刀根が必死な声をしていたものだから、罪悪感からか息苦しくなった。胸もチクリと痛む。

どうしてか刀根の声を聞いていられなくなり、伝言を削除する。

刀根のためにこれ以上不快な思いをしたくない優貴は、その後、遅刻しないよう約束の十五分前には待ち合わせ場所に出向くようになった。


「あ……っ！」

無意識に上がった声に、優貴は慌てて口を塞ぐ。歯を食いしばり手で口元を覆い、きつく目を閉じた。

「くっ、う……っ」

刀根は指先でしつこく胸の突起を転がし、もう片方に吸いついてくる。なんとか耐えていたのに一際強く突起を吸われ、優貴は腰を浮き上がらせた。

「ひっ、……っ！」

すでに固く張りつめ先端から蜜を零す中心に、刀根の無骨《ぶこつ》な指が絡み上下に擦《こす》り始めた。

「うぁ、やっ、んぅ……」

刀根によって口元の手を取り払われ、代わりにキスで塞がれる。直接的な刺激を受け、反射的に開いた唇に刀根の舌先が潜《もぐ》り込んできた。

「んっ、んっ」

巧みに口内の弱い部分を舐められ舌を吸われ、頭の奥がしびれて思考が停止する。

キスされたまま中心をしごくスピードが速まり、まずい、と思った直後には、呆気なく果ててしまった。

一度堰《せき》を切ると途中で止めることなど出来るはずもなく、溜まっていた熱を全て放出する。刀根がさらに絞り出すように手を動かすものだから、優貴は腰を震わせ最後の一滴まで出し切った。

「いっぱい出ましたね」

目を細めて心持ち弾《はず》んだ声で報告され、いたたまれずに顔を背《そむ》ける。

つれない態度にも慣れたようで、刀根は優貴の立てた膝を左右に開き、手の平の白濁《はくだく》を後ろの蕾に塗り込んできた。

「おい、それはやめろって言っただろっ」

用意してある専用のローションを使えと言ってあるのに、刀根がそれを使うことはまれだった。いつもこうして優貴の放った白濁だったり、刀根の唾液だったりと、手近なものですまそうとする。

「すみません、汚れた手でボトルを触りたくなかったもので」

ならそう言えば自分が取ったのに、と言おうとしたが、その前に刀根の指が後ろに潜り込んできて息を詰めた。

「あぅっ、……っ」

「ローションじゃなくても大丈夫ですよ。ちゃんと解《ほぐ》しますし」

「そういう、問題じゃ、なっ、あぁっ！」

気分の問題だ、と続けようとして、刀根の指が内壁《ないへき》の敏感な部分を擦り上げ、優貴は背中をのけ反らせた。

「ひっ、やめっ、ぁっ」

グリグリとそこを指で強く押され、たまらず目尻から涙が零れる。強い刺激に目の前が白く霞《かす》み始め、呼吸もままならなくなった。

苦しいからやめてくれと訴えても、刀根は言うことを聞かない。それどころか、逃げようとする腰を摑んで引き戻し、さらに激しく中をかき回す。

「あっ、あぁっ、あっ！」

もう嬌声《きょうせい》を押し殺す余裕もなく、刀根の指がそこに触れるたび、止めどなくあられもない声を上げてしまう。

「い、やっ、やだぁっ」

もうたまらなくなって、刀根の手首を摑み動きを制止しようとした。しかし、逆に両手を取られ、頭の上に縫いつけるようにされて自由を奪われてしまう。

「や、やっ、ひぃっ」

中から指を抜き取られ、代わりに熱い切っ先を押し当てられる。男の手によって入念に解されたそこは、刀根の剛直を抵抗なくすんなり飲み込んだ。

「あっ、あ、んっ」

刀根の挿入はいつもゆっくりだった。だからこそ、ジワジワと彼の形に開かれていく様をまざまざと感じ、背筋が戦慄《わなな》く。

そうして全てを埋め込むと、一息つく間もなく律動が始まる。

始めは緩やかに腰を動かし、優貴の反応を確かめながら段々と動きを速めていく。腰を押さえられ激しく奥を突かれる頃には、優貴にはもう抵抗する気力はなくなっていた。刀根の腰の動きに合わせて身体を揺さぶられ、すすり泣きのようなあえぎ声を漏《も》らすだけだ。

「あっ、んん、んっ」

中心はいつしか再び反り返っていた。後ろの気持ちいいところを固く太い刀根自身で擦られ、下っ腹の辺りに熱が溜まり始める。中心に手を伸ばしたくなったが、それを唇を噛んで我慢する。

刀根に貫かれたまま、自らの中心を自分で慰めて吐精《とせい》するなんて醜態《しゅうたい》をさらしたくない。そんなことをしたら、まるで自分が男に抱かれて喜んでいるようではないか。

自分はあくまで無理矢理この関係を強《し》いられているだけ。

刀根に性器をいじられ、強引に射精させられるのだ。だから、この行為は合意の上ではなく、自分は被害者。楽しんでなどいない。

「うっ、んっ、……っ」

しかし、いくら待っても刀根は優貴の中心に触れてはこなかった。いつもなら後ろを突きながら、張りつめたそこを大きな手の平で包み刺激を与えてくれるのに。刀根に触ってもらえないと、この熱を解放出来ない。

　その間にも絶え間なく中の弱いポイントを突かれ、熱が中心に集まっていく。溜まる一方で吐き出せないことに、次第に苛々してきた。

「おいっ」

「なんですか？」

「い、いつもみたいにしろっ」

「いつもみたいに？」

　ついに辛抱《しんぼう》出来なくなって刀根に訴えた。しかし何を言っているのか伝わらなかったようで、刀根が首を傾《かし》げる。

「もっと具体的におっしゃっていただけますか？」

「……っ、だから、前をっ」

「前を？」

　覆い被《かぶ》さっている刀根を恨みがましい目で睨みつける。その時、刀根の口角がわずかに持ち上がっていることに気づき、からかわれているのだとわかった。

　怒りなのか屈辱なのか、恥ずかしさからか、頭と顔に血が昇る。

「言ってくださらないと、わかりませんよ？」

「もういいっ」

「よくはないでしょう？　辛《つら》くてたまらないんじゃないですか？」

やはりわかっていて言わせようとしているのだ。刀根の性根《しょうね》の悪さを見た気がした。

絶対に言うものか、と優貴も意地になって唇を引き結ぶ。しかし刀根もなかなか引かず、優貴の感じる部分を狙《ねら》って突き上げてくる。

「ほら、言ってください」

「やっ……あ、……っ」

優貴は刀根から顔を背け目をつぶった。屈してなるものかと、中にある刀根から意識を逸らそうと歯を食いしばる。

しばらくそうした攻防が続き、先に状況を打破したのは刀根だった。

「……仕方ないですね」

その言葉を聞いた時、刀根が折れたのだと思ったが、そうではなかった。

刀根に両腕を摑まれ引き起こされる。そのまま馬乗りになる形で右手を取られ、中心に導かれた。

「握ってください」

「い、いやだっ」

「嫌じゃないでしょう。もういい大人なんだから、自分のことは自分でしてください」

人前で自慰《じい》行為をするなど、ごめんだ。特にこの男の前で、後ろを貫かれながらだなんて耐えられない。

ところが、優貴が頑《かたく》なに拒んでいると、刀根が勝手な解釈をしてとんでもないことを言い出した。

「俺にしてもらわないと、射精出来ない身体になったんですか？」

「なっ……！」

「俺じゃないといけないと言うのなら、仕方ないですね。責任を取って俺がしてあげますよ」

「そんなわけないだろっ」

気色悪いことを言わないでほしい。

優貴は即座に否定し、中心に絡んだ刀根の手をはねのける。

刀根がうっすらと笑ったのが目に入った。

「そうですか、ならご自分でどうぞ。俺も勝手に動きますから」

言い終わるや否や、優貴の腰を抱え直し、下から奥深くまで剛直で突き上げてきた。大きく腰をグラインドさせ中をかき回してくる。言葉通りこちらを気遣うことなく好き勝手に動かれ、嫌なはずなのに背筋にゾクリとしたものが走った。

優貴は中心を握ると手を上下に動かし始める。目をつぶって、ここには自分だけしかいないと言い聞かせ、無心で手を動かす。

「ふっ、あっ」

しばらくそうしていると、段々と緊張が解けてきた。早く終わりにしたいのもあり、両手を使って自らの中心に刺激を加える。右手で幹《みき》をしごき、左手で熟《う》れた亀頭部をこねる。特に張り出した下の

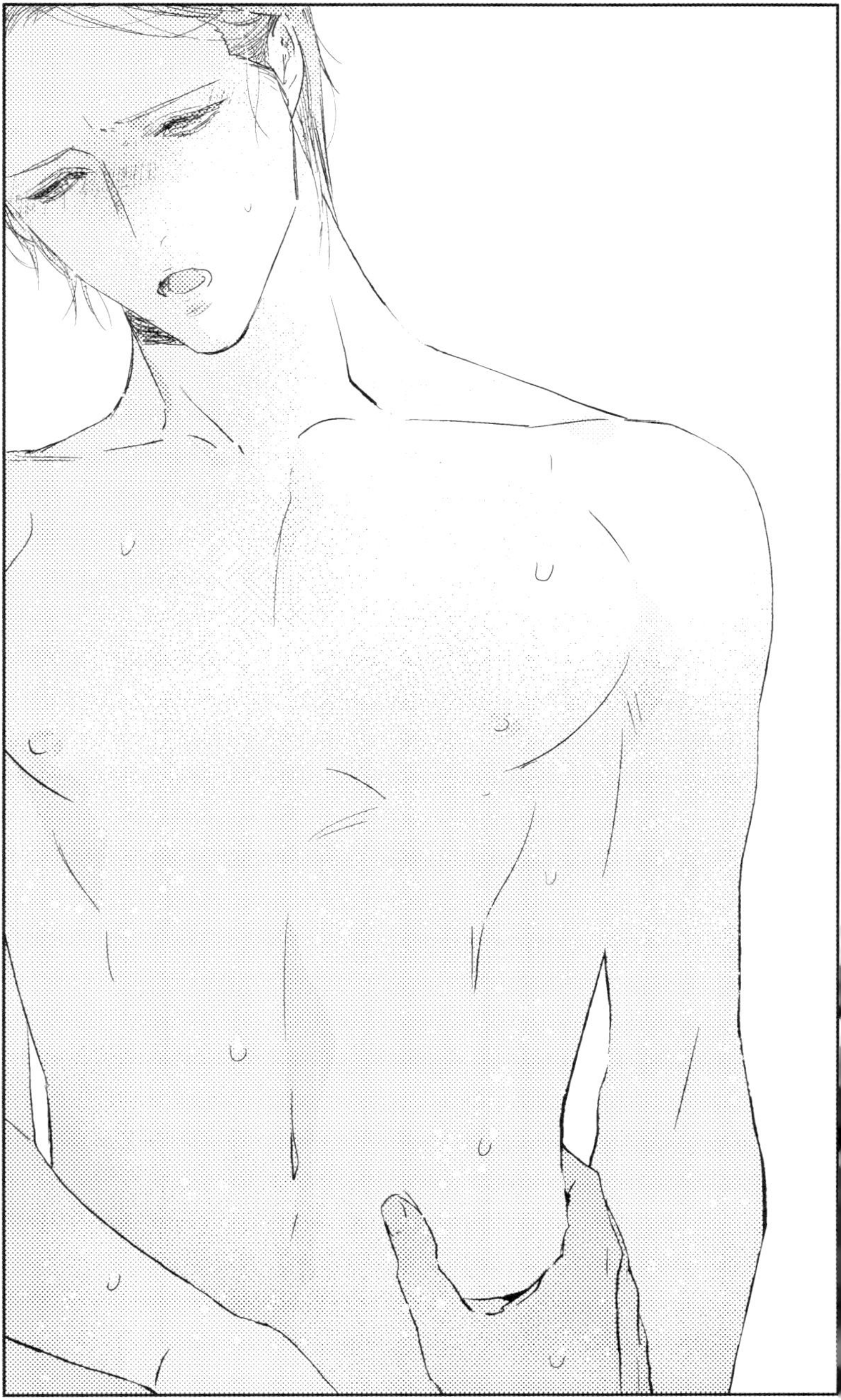

部分が感じるため、グルリと何度も優しくなでた。

「すごい気持ちよさそうな顔をしてますよ」

そうなるようにしているのだから当たり前だ。刀根の揶揄《やゆ》を聞き流し、優貴は手を動かし続ける。

「俺の動きに合わせて動かしてみてください。もっとよくなれますよ」

刀根に言われた通りにするのは癪だったが、手が無意識に同じリズムで動き始める。

「そう、上手ですよ」

いつも反抗的な優貴が素直に従ったからだろうか、甘さを含んだ声音で誉められた。

自分にこんな無体《むたい》を強いている張本人に誉められても嬉しくない。嬉しくないのに、優貴の身体は刀根に弄《もてあそ》ばれて、いつも以上に興奮していた。

「あんっ、あっ、んっ」

刀根の動きに合わせるため、後ろにある剛直を嫌でも意識することになる。するとこれまでよりダイレクトに中を抉《えぐ》られる刺激を感じてしまい、優貴は身体を震わせた。

「だめっ、あ、あぁぁっ————っ!」

甲高い声を上げながら、腹の上に白濁を散らす。身体を硬直させ解放の衝撃に耐えていると、刀根の手が優貴の中心を握る右手に重なる。

「や、やぁっ」

達している最中なのに、重ねた手を上下に動かされ、身体を捩って身もだえた。

「あぅ、んっ、あぁっ」

頭が真っ白になってわけがわからない。常に達しているような絶頂感に頭も身体も支配され、優貴は絶え間なく白濁を飛び散らせていた。

「も、もう、やぁっ」

気持ちよすぎて苦しい。恥も外聞も捨て、体勢を変えてのしかかってくる刀根にしがみついた。この苦しみから解放してほしい。それが出来るのは、この男だけだとなぜかそう思ったのだ。

刀根はしがみつく優貴を一旦引きはがし、そして荒々しいキスをしてきた。舌を吸われ、乱暴なくらいのキスなのに心地よさにうっとりと目を閉じる。

唇を重ねたまま、刀根は小刻みに腰を動かし、彼もまた優貴の中で果てたようだ。

中でビクビクと震える刀根自身を感じ、優貴は意識せずに後ろを締め付ける。その間も繰り返しキスを与えられた。

「……もう一回しますか？」

呼吸が整った頃、刀根にそう聞かれた。ぼうっとしていた優貴は流れで頷く。

刀根は「ちょっと待ってください」と言い、キスしている間に再び固くなった中心を優貴の中から引き抜き、つけていた避妊具を外す。

その様子を見ているうちに、徐々に頭が冷えていった。

「……帰る」

「え？」

「帰るって言ったんだ」

優貴はだるい身体を気力で動かし、ベッドを下りる。

脱がされた服を黙々と拾って身につけていると、刀根に腕を取られた。

「急にどうしたんですか」

「終わったんだから、帰る」

「でもさっき、もう一回って……」

「うるさい！　帰るんだ！」

反射的に怒鳴って、刀根の言葉を遮っていた。

優貴のその様子に刀根も諦めたようで、腕を放し「わかりました」と言った。

強固に引き留められなかったことに安堵し、手早く身支度をすませてドアノブに手をかける。

流されたとはいえ、刀根の提案に頷いてしまったことに無性に腹が立って、最後に一言言ってやろうと振り返った。全裸のまま立ちつくす情けない姿の刀根を見て、少しだけ溜飲《りゅういん》が下がる。

「いい大人なんだから、一人で処理出来るよな？　まさか僕じゃないといけないなんて言わないだろ？　まあ、言われても手伝わないけど」

行為の最中に刀根に言われた言葉をそのまま返す。刀根は呆然と見つめ返してくるだけだった。

優貴はようやく刀根にやり返せた気がして、胸がスッとする。勝ち誇ったような笑みを浮かべ、部屋を後にした。

——馬鹿な男だ。

いや、男だから馬鹿なのか？

あの聖人君子のような顔をした真面目くさった男でも、欲望には抗《あらが》えないらしい。

それが男の性《さが》だ。刀根でさえそうなのだから、自分が抗えなくても仕方ない。

刀根に抱かれるようになってからというもの、初めこそ苦痛しか感じなかったが、回を重ねるごとに優貴の身体は男に貫かれ快感を覚えるようになっていた。今日のように時々、セックスの最中に快楽に負けてしまうこともある。

そんな自分の身体の変化に気づいた時、とても驚き、そして自分自身を嫌悪した。男に抱かれて気持ちがいいだなんてあってはならない。けれど、刀根の愛撫《あいぶ》に身体は反応してしまう。

その事実を認めたくなくて、優貴は刀根にさらに冷たくするようになった。

大通りに出ると、タクシーを停め乗り込む。勢いでホテルを出てきたはいいものの、駅まで歩ける体力は残っていなかった。

自宅の住所を運転手に告げ、疲労感から目を閉じる。脳裏に、最後に見た刀根の姿が浮かんだ。勃起したまま全裸で立ちつくす刀根を思い出し、笑いが漏れる。

間抜けなあの姿を思い出すと、胸に溜まった苛立ちが薄らいでいく。しかし、なぜかすっきりとはしない。

苛立ちが去った後の胸に去来したのは、チクリと刺すいつもの痛みだった。

優貴がそっけない態度を取るたびに見せる、刀根のほんの少しだけ傷ついたような表情まで思い出してしまい、言いようのない罪悪感がこみ上げてきた。

どこまでも自分を苦しめる男の存在を忌々《いまいま》しく思いながらも、優貴は痛む胸を押さえつけ、疲れた身体を休めるためシートに身を預けた。


「優貴さんは素敵なお店をたくさんご存じね」

優貴は料理を切り分ける手を止め、向かいに座る志穂に笑顔を向ける。

「営業職だからね。接待や売り場スタッフとの話題作りのために、必要に迫られて自然と詳しくなったんだ」

今日、彼女を誘ったのは、職場の同僚がお薦《すす》めだと言っていたスペイン料理店。月に一度、フラメンコのショーも行われているようで、本格的な料理の味と相まって、昨年のオープンから人気を集めているらしい。

残念ながらショーのある日は予約がいっぱいで取ることができなかったが、店内の雰囲気や料理だけでも十分気に入ってもらえたようだ。

「いつも私の知らないことを教えてくださるから、こうして一緒にお食事に行く約束をした日がとても楽しみで、指折り数えて待っているの」

「僕も同じだよ。志穂さんと話しているととても落ち着くんだ。仕事漬けの生活に潤《うるお》いを与えてくれて感謝してる」

露骨《ろこつ》な誉め言葉に、志穂は恥じらいながらも嬉しそうに目を伏せる。控えめな笑みにおっとりとした優しい口調は、確かに優貴に安らぎをもたらしてくれた。

週末の夜は刀根に呼び出されるため、志穂とは日曜日に会うことが多い。大抵は昼頃待ち合わせをして食事をし、映画や美術館、水族館などに行く。その後、洒落《しゃれ》たレストランで夕食を食べ、タクシーで彼女が家族と暮らす実家まで送る。子供のデートのようだが、彼女はそれで満足しているようだった。

志穂は特別美人ではないが、物静かで自己主張をあまりせず、男を立てる女性だ。正直、付き合うには大人しすぎてつまらないが、結婚相手には最適だ。彼女とならきっと幸せな家庭を築けるだろう。

「そろそろ出ようか。もういい時間だから」

優貴は時間を確認し、席を立つ。まだ夜八時を回ったところだが、いつも九時までには志穂を自宅に送り届けるよう心がけていた。

志穂とはまだ身体の関係はない。彼女の性格からして、結婚前のセックスには抵抗があるのでは、と思ったからだ。下手に迫って志穂の機嫌を損ねたくなかった。

この日も志穂を自宅まで送るため、支払いをすませた後、通りでタクシーを拾おうとしていると、いつもは後ろで静かにその様子を見ている志穂が「優貴さん」と控えめに呼びかけてきた。

彼女を見ると、どことなく緊張しているようだった。

「志穂さん？」

何か言いたそうな顔。

訝しく思いながら呼びかけると、志穂は覚悟を決めたかのように強い意志を湛《たた》えた瞳で見上げてきた。

「あのっ、優貴さんのおうちにお邪魔してはいけないかしら？」

「うちに？」

志穂はこくりと頷く。

予想外の願いに、すぐに反応出来なかった。

──これは……どう取ったらいいんだろう。

これが昼間だったらまた違ったが、アルコールも入った後の夜遅くに男の部屋に行きたいと言い出すなんて、その意味を彼女はわかっているのだろうか。

これが他の女性だったら、先の展開を期待されていると思っただろう。

しかし、相手は志穂だ。決して男慣れしているとは言えない彼女が、何を思って優貴の自宅へ行きたいと言い出したのか……。

しかし、いずれにしても我が家に志穂を招くことは出来ない。

「……ごめん、男の一人暮らしで散らかっていて、志穂さんを呼べるような状態じゃないんだ」

「散らかってても気にしないわ」

「僕が気にしてしまうんだよ。汚い部屋を見られて、あなたに幻滅《げんめつ》されるんじゃないかって」

困ったように笑いながらそう言うと、志穂は渋々ながら納得してくれたようだ。

しかし、どうしても優貴の自宅に行きたいのか、約束を取り付けようとしてくる。

「それじゃあ、次会う時までに掃除しておいてくださるかしら？　もちろん、お招きいただければ私もお手伝いします」

「いやいや、志穂さんに手伝わせるなんてとんでもない！　……仕事が立て込んでるから、なかなか掃除まで手が回らないかもしれないけど、志穂さんが来ても大丈夫な状態になったら僕から招待するから、その時はぜひ来てほしい」

「わかったわ」

志穂も今度は聞き分けてくれ、内心ホッとしながらさっさとタクシーを拾って彼女を家まで送り届けることにする。

都内の一等地に建つ立派な家の、大きな門の前で志穂を降ろし、彼女が家の中に入るところまで見届けて車に戻った。

優貴は運転手に一番近い駅に向かうよう伝え、そこから自宅まで電車を乗り継いで帰る。

外と同じ温度の自宅に着くと、暖房をつけることなく上着を着たまま毛布に包《くる》まった。

先ほどの志穂との会話を思い返すと、ため息が出てしまう。

彼女にはああ言ったが、今後も志穂をこの部屋に呼ぶつもりはなかった。

まさか来たいと言われるとは思っていなかったので焦ったが、なんだかんだと理由をつけてはぐらかすしかないだろう。

志穂だけでなく、この部屋に越してきてからというもの、恋人を招いたことはない。デートの時はいつも、相手の部屋かホテルを利用していた。自宅に呼ばなくてもマメに連絡を取り、やることをやっていれば女性はうるさく言わない。

けれど、志穂にはその手が使えないから厄介だった。

これから会うたびに言い訳を考えないといけないと思うと、一気に気が重くなってくる。

一つ嘘をつけば、その嘘を見抜かれないようにまた嘘を重ねなくてはならなくなる。

優貴だって、本当は嘘などつきたくない。

でも、真実を知れば、彼女は自分から去っていく気がした。

自分に繋ぎ止めておくために、優貴は志穂の理想とする恋人を演じなくてはならないのだった。

その日、優貴はランチの時間を過ぎてもデスクから離れず、仕事に没頭していた。それは今日だけでなく数日前からで、同僚は優貴の身体を心配してランチに誘ってくれるが、それを断りオフィスに残って仕事を続けている。

やがて十二時半を過ぎた頃、フロアには優貴以外、誰もいなくなった。それを確認し、鞄の中から自分で握ってきたおにぎりを一つ取り出して、急いで頬張《ほおば》る。

給料日前で懐《ふところ》事情が厳しくなっているため節約を余儀なくされていた。

下の階に社員食堂もあるが、弁当を持参した方が断然安上がりだ。しかし、こんな情けない姿を同僚に見られたくなくて、ここ数日は仕事に集中しているふりをして昼飯のおにぎりを誰もいなくなってから食べるようにしている。

けれど、おにぎり一つでは満腹にはならない。

優貴は空腹をコーヒーで誤魔化《ごまか》すため給湯室へ向かった。

「デート代が痛いな」

ケトルに水を入れ、カップを用意しながら独りごちる。

志穂とのデートでは、当然のことながら優貴が全ての支払いをしている。

おかげで出費は全て二倍だが、金をケチってお嬢様育ちの志穂を安い店に連れて行けないし、帰りはタクシーを利用するため、一回のデートでけっこうな金額を使っていた。

今の優貴には少々きつい出費だが、将来への投資だと思えば高くはない。

給料日は明明後日《しあさって》。

給料が入れば、少しは生活も楽になる。

それまでの辛抱だ、と自らを励ましていたその時、突然背後から声をかけられた。

「及川主任」

覚えのある低い声にぎくりとして振り向くと、そこにはここにいるはずのない刀根の姿があった。

優貴の顔が一気に強ばる。

「なんの用だ」

これまで会社内では接触してこなかったのに、わざわざ別フロアにある営業部に顔を出すなんてどういうつもりだろう。

刀根の思惑がわからず警戒する。

優貴の考えていたことが伝わったのか、刀根の顔が不快そうに歪《ゆが》む。

「あなたに用があったわけじゃありません。山崎《やまざき》さんに用があって来たんです」

「営業部は皆休憩に出ていて、今は僕しかいない」

自分に会いに来たのではないとわかり、安堵した。

ところが、用があるのは別の者なのだからさっさといなくなると思っていたのに、刀根は給湯室の入り口に立ったまま動こうとしない。

コーヒーを淹《い》れデスクに戻ろうとした優貴は、一つしかない出入り口を塞がれ眉間に皺を寄せる。

「席に戻りたいんだが……」

「主任はもう昼飯は食べたんですか？」

脈絡のない質問をされ、反射的に「ああ」と答えた。

「早いですね」

「……仕事が忙しくて、ゆっくり食べてる暇が……」

その時、絶妙なタイミングで腹が鳴ってしまい、恥ずかしくて下を向く。

すると刀根がスーツのあらゆるポケットを探り始めた。

「これをどうぞ」

そうして差し出されたのは三つの小さなチョコ。優貴は手に取ることも出来ず、訝しげな顔で男とチョコを見比べる。

「疲れてる時には糖分を摂るといいって言うでしょう？　そういう時のために、チョコを持ってるんです」

「へえ……」

一向に受け取る気配がないことに焦《じ》れたのか、刀根が優貴の手を取り強引にチョコを手渡してきた。

あまり甘い物が得意ではないため、もらっても嬉しくない。特に刀根からは。

そのまま突き返そうとしたが、刀根は素早く身を翻《ひるがえ》し、早足に立ち去ってしまった。

優貴は手の中に残されたチョコを見下ろす。

食べ物を捨てるのは気が進まないし、このまま手に持っていたら溶けてしまう。優貴はちょうどコーヒーをブラックで淹れたこともあり、我慢して食べることにした。

その場で包みを開け、一粒口に放り込む。途端にカカオの香りと、濃厚な甘さが口中に広がり、コーヒーでその甘さを洗い流す。同じ動作を二回繰り返し、新たにコーヒーを淹れたカップを持ってデスクに戻った。

フロアには数名の人の姿があり、そろそろ休憩時間も終わりのようだ。

優貴は自分と同期入社の山崎の姿を探すが、まだ戻ってきていなかった。

しばらく自分の席で仕事をしていると、休憩時間を大幅に過ぎて山崎が戻ってきた。それも血相を変えて、大慌てでデスクの上の書類の山を崩していく。何事かと思い声をかけると、どうやら山崎の担当している売り場にクレームが何件か入っているようで、その対応に追われているらしい。

毎年、冬の定番人気商品として、各売り場の販売員が選んだコスメのセットを限定販売しているのだが、間違って表示とは別の商品が入っていたらしく、客から苦情がきたようだ。

クレーム処理係に異動になった刀根は、先ほどそのことを伝えに来たのだろう。普段は文書や電話ですます内容だったが、元いた部署だから一刻も早い対応が求められると判断し、わざわざ足を運んできたようだった。

刀根は山崎に今回のトラブルの対処法までも提案していったらしく、突発的事項に弱い山崎が慌てながらも的確に対処していた。

優貴は課長に状況報告に行く同僚を横目に見ながら、自分の仕事に戻る。

けれど、なんだかモヤモヤとしたものが胸に渦《うず》巻き、あまり集中出来ない。

刀根のことがまたわからなくなってしまったからだ。

半《なか》ば追い出されるようにして異動したのに、どうして元同僚のフォローをするのだろう。

営業部で何が起ころうと、それは刀根には関係ない。自分が刀根の立場だったら、たとえ対処出来る能力があっても黙っている。関係ないと放っておけばいいのに、刀根はそうしなかった。多少なりとも顔を出すのは気まずいだろうに、営業部を訪れ困っている同僚に自然と手を差し伸べる。自分にはなんの得にもならないのに。

――偽善者。

そうとしか思えなかった。

そういう、上辺だけいい顔をする人間は信用出来ない。

あの時だって――和泉百貨店の時に手を貸してくれたのだって、何か裏があったに違いないのだ。

あのポーカーフェイスの下に隠された男の素顔は、いったいどんな風なのだろう。

きっと狡猾《こうかつ》な笑みを浮かべているに違いない。

――偽善者ぶって、皆にいい顔をして……。

優貴だから手を貸したわけじゃない――そう言われた気がして、鬱々とした気分に襲われた。

どことなく不機嫌な顔で仕事を続け、定時を過ぎた時に今日が週末だったことを思い出した。

今日も刀根と会う約束をしていたのだったと、急いで帰り支度をし、時間ギリギリにいつもの公園に飛び込むと、街灯の下に立つ刀根がすぐに近づいてきた。

「お疲れさまです。仕事、終わりましたか？」

「ああ、なんとかな」

「ずいぶん急いで来たみたいですね。息が弾んでる。今度から遅れそうな時は連絡をくれれば、時間をずらしますから」

優貴を気遣っての言葉だろうが、本当に心配してくれるのなら時間をずらすのではなく、約束自体をなかったことにしてほしい。

「さっさと移動するぞ。今週は忙しくて疲れてるから、早く帰りたいんだ」

優貴はそう言って、いつも利用しているビジネスホテルに行こうと足を向ける。

ところがどこかずれたところがある男は、こんな提案をしてきたのだ。

「なら、今夜は主任の部屋に行きましょう」

「はぁ？　嫌に決まってるだろ」

「なぜですか？　主任の部屋ですれば、帰る手間もないからそのまま休めますよ」

プライベートな空間に刀根を招きたくない。

けれど、優貴がいくら嫌だと言っても、刀根は引いてくれなかった。

夜の公園で男同士で言い合っていては、通りかかった人に不審に思われるかもしれない。それが会社の人間だったりしたら最悪だ。刀根との関係を聞かれたら答えようがない。

「わかったよ。その代わり、今日だけだからな」

渋々承諾すると、刀根の表情が心持ち明るくなった気がした。

その表情を意外に思いながらも、優貴は刀根を連れて自宅に向かう。

「ここだ」

電車を乗り換えることなく四十分ほど乗り、着いた最寄り駅から二十分近く歩くと、優貴の自宅である築三十年の木造アパートに到着した。

刀根は古びたアパートを見上げ、少し驚いた顔をする。

だから誰も呼びたくなかったんだ、と内心舌打ちしたい気分で、一階の一番端のドアに鍵を差し込んだ。

「お邪魔します」

優貴に続き、刀根が室内に上がり込む。

外観は古いが中は一応リフォームずみで、八畳のワンルームという間取りになっている。

「意外ですね。もっと洒落たマンションに住んでると思ってました」

優貴はその言葉にあえて何も答えなかった。

営業成績もよく、主任という役職についている優貴は、それなりの給料をもらっている。しかし生活は決して楽ではなく、少しでも節約しようと家賃の安さに惹《ひ》かれて四年前にここに引っ越してきた。

十一月に入り、朝晩はめっきり冷え込むようになっている。今日は一段と寒く、最高気温は二桁《ふたけた》いっていない。優貴は暖房をつけようとエアコンのリモコンに手を伸ばしたが、電気代が気になり思い直した。

「でも、綺麗に片づけてますね。いや、片づいていると言うより、物が少ないと言った方が正しいでしょうか」

刀根は腰を下ろすことなく立ったまま、最低限の家具しかない室内を見回している。

いつもはホテルに入るなり触れてくるくせに、今日は全然そんな雰囲気にならない。どうせ場所が違ってもやることは同じなのだから、さっさと始めて終わりにしたかった。

優貴は寒さを堪《こら》えつつ、コートを脱ぐ。スーツの上着を落とし、ネクタイを緩めシャツのボタンを外し始めたが、刀根は気づいていないようで腰の高さほどしかない小さな本棚を眺めていた。

自分より本棚に刀根の興味を持っていかれ、とても腹が立った。

抱き合うために部屋に来たはずなのに、どうしてこの男は自分を前にしながら、本に見入っているのだろう。せっかく寒いのを我慢して自ら服を脱いでやっているというのに、この仕打ちはなんなのだ。

手早くシャツを脱ぐと、怒りをぶつけるようにそれを刀根に投げつけた。ようやく男の視線がこちらを向く。

けれど、その直後に刀根が放った的外れな言葉に優貴はまた憤った。

「どうしたんですか、そんな格好をして。寒いでしょう」

――どうした、はこっちの台詞だ！

わざとやっているのかと思ったが、刀根の反応からそうではないらしい。

優貴は寒さで鳥肌を立てながらも、憮然《ぶぜん》と刀根を見やる。

「やりに来たんだろ。ならさっさとすませるぞ」

刀根が目をわずかに見開き、そしてまたいつもの悲しそうな色を浮かべる。

優貴は刀根が何をしたいのかわからなくなった。

この関係は刀根が望んだことだ。それに従順に応じているというのに、いったい何が不満だと言うのか。

優貴が苛立ちを募らせていると、刀根が口元を歪めこう言った。

「コーヒーの一杯も出してくれないんですか？」

「コーヒーが飲みたいのか？」

「そういうことじゃなくて……」

今度ははっきりと苦笑された。

優貴は刀根の言葉を受けて踵を返す。

コーヒーが飲みたいと言うのなら、面倒だが淹れてやってもいい。それで刀根がその気になるのなら、そのくらいしてやる。

キッチンに行こうとしたのと同時に、くしゃみが出た。上半身裸で動き回るのはきつい。先ほど脱いだシャツを着てから行こうと探し始めると、いち早く拾い上げた刀根にシャツを着せかけられた。

「風邪をひきますよ」

「……ああ」

「ほら、ちゃんと着てください」

シャツの袖に腕を通すよう促され、抵抗することなくそれに従う。

なんだか変な気分だった。

刀根に服を脱がされることはあっても、着せられたことはない。こんな風に世話を焼かれると、気恥ずかしくて顔を直視出来なくなった。

優貴は刀根の指がボタンをはめていく様子を黙って見つめる。

「いつも思っていましたが、手が冷たいですね」

刀根はボタンをかけ終わると、優貴の手を取りそんなことを言ってきた。両手をすくい取られ、体温を確かめるためかキュッと握られる。

「こうすると温かいですか?」

はぁ、と息を吹きかけられる。

予想外の展開に、手を振り払う間もなく硬直した。

刀根は繰り返し息を吐きかけ、優貴の両手をマッサージするように揉んでくる。しばらくそれを続けていると、血行がよくなったのか指の先がジンジンしてきた。

「うん、温まってきた」

刀根の嬉しそうな声が頭上から落ちてくる。もう冷たくないのに、刀根はなかなか手を放そうとしない。

優貴は俯いたまま、上を向くことが出来なかった。

温めてもらったのは手だけだというのに、なぜか頬も熱くなっている。きっと赤い顔をしているだろう。

刀根に知られたら理由を聞かれそうで、優貴は下を向いて顔を見せないようにした。けれど、早く平静に戻らなくては、と意識すればするほど状態は悪化し、心臓の鼓動《こどう》まで速くなってくる。

「コーヒー、淹れてくる」

刀根がいつまで経っても手を握ったまま放さないため、いよいよ耐えられなくなって口実を使って離れようとした。けれど刀根は摑んだ手にさらに力を込めてくる。

「コーヒーはいらないです」

手を引かれ、刀根との距離がさらに縮まる。

「顔を上げてください」

「…………」

「キスしたいんです」

スマートとは言えない誘い文句。けれどそれがなぜか優貴の情欲を煽る。

「及川主……」

顔を見られたくなくて、飛びつくようにして素早く唇をかすめ取った。

不意を突かれ驚いたのも一瞬で、刀根は優貴の背中に腕を回し、積極的にキスに応えてきた。

広い胸の中に抱きすくめられ、縦横無尽に口内を蹂躙《じゅうりん》される。それだけで身体の奥が熱くなってくる。

優貴はやっと与えられた温《ぬく》もりに、夢中になってしがみついた。

「あっ、あっ、はぁ……っ」

普段一人で寝ているベッドに押し倒され、身体中をくまなく愛撫される。

刀根が触れた箇所から温もりが広がっていき、見慣れた天井を見ながら剛直に貫かれる頃には、全く寒さなど感じないほど全身が火照《ほて》っていた。

安アパートの壁は薄く、音を誤魔化すためにつけたテレビからは賑《にぎ》やかな笑い声が聞こえてくる。

それでも一言でも漏らせば隣の部屋の住民に、自分たちが今何をしているのか知られてしまいそうで、必死に声を抑えていた。けれど刀根は、優貴が声を出さないのが不満なのか、感じるポイントを執拗に攻めてくる。

両手は声が出てしまうのを防ぐため、口元にある。だから刀根の身体を押し返すことは出来ず、されるがままの状態だった。

ここは自分がいつも寝起きしている部屋。壁の薄いアパートだから、ベッドがきしむ音が隣にも聞こえてしまっているだろう。きっとセックスしているとばれている。

「このまま、いいですか？」

刀根の声に閉じていた目を開けた。思考が鈍くなっていて、刀根の言葉の意味がよく理解出来ない。答えないでいると、刀根が緩く中を穿《うが》ちながら辛そうに眉を寄せ、もう一度尋ねてきた。

「このまま、出してもいいですか？」

何を言っているのだろう、と困惑したが、なし崩し的に始めてしまい刀根が避妊具をつけずに挿入していることに気づいた。ようやく刀根の言葉の意味を理解し、思い切り頭を左右に振る。

このまま中で、なんて許すわけがない。嫌に決まっている。

声を出すことは出来ないから、必死で首を振って態度で拒絶を示した。

それなのに、刀根は「すみません」と一言謝り、乱暴に腰を打ち付け始めた。奥を勢いよく突かれ、背が戦慄く。無意識に男をもっとくわえ込もうと、刀根の腰に足を絡めていた。

「うっ……っ」

刀根が一際奥を穿った後、動きを止める。その直後に中に熱い奔流《ほんりゅう》を感じ、その衝撃で優貴の中心も弾けた。

「んっ、んん――――っ」

刀根とほぼ同時に迎えた絶頂は、いつも以上に強烈な快感をもたらした。

優貴は熱を放出し終わってもすぐに動くことは出来ず、覆い被さって呼吸を整えている刀根の下で胸をあえがせる。

「すごいですね」

しばらくして、刀根が身を起こすと優貴の腹部を指でなでながら言った。

「後ろだけでいったんですか？」

「え……？」

「中に出されていくなんて、及川主任も楽しんでくれてるんですね」

優貴に軽くキスし、刀根は口角を持ち上げると満足そうに微笑《ほほえ》んだ。

――嘘だ。

これまであえて考えないようにしていた身体の変化を突き付けられ、衝撃から言葉を失ってしまった。

これから自分はどうなってしまうのだろう。

このまま刀根と関係を続けていたら、どうなるかわからない。

浮かんでくるのは悪い想像ばかりで、急に背筋が寒くなり、優貴は刀根に背を向け毛布に包まった。

「主任は年末年始はどちらで過ごされるんですか？」

そう聞かれたのは、その年の仕事納めの日だった。

刀根に呼び出されホテルでセックスし、軽くシャワーを浴びて帰り支度をしていた優貴は、ネクタイを締めながら「正月は実家に帰る予定だ」と返した。

その時ふと、刀根のプライベートを何も知らないことに気づいた。

刀根とは同じ部署にいた時も、あまり話したことはなかった。業務以外で言葉を交わすほど個人的な関わりはなかったし、彼の私生活に興味もなかったので、わざわざ質問したこともない。

「お前はどうするんだ？」

優貴はちょっとした好奇心から質問していた。

ベッドの端に腰掛け、腰にタオルを巻いただけの格好で濡れた髪を拭いていた男は、嬉しそうな顔をしながら答えた。

「俺も実家に帰ります」

滅多に感情を顔に表さない男が、あまりにも嬉々として言ったから少々興味を惹かれ、さらに質問していた。

「こうして会う時はいつも外だが、一人暮らしなのか？」

「はい。会社から電車で三十分くらいのところに住んでます。主任のアパートとは逆方向ですが」

「実家は他県か？」

「都内ですけど、他県との境にあって通勤に不便で家を出たんです。実家には両親と、学生の弟と妹が住んでます。長い休みにしか顔を出さないから帰ると引き留められて、結局休み中実家で過ごすことになるんです。たまには一人でゆっくり正月を迎えたいんですけど、帰らないと家族がうるさくて」

刀根はそんな風に言うが、本心からは迷惑していない顔をしている。

おそらく、ごくごく普通の家庭なのだろう。きっと刀根が帰省するのを、家族皆楽しみにしている。

そして刀根も、会社で見せるものとは違う素《す》の顔で、リラックスした時間を過ごすのだ。

普段は無口なくせに、家族のことを語る時には饒舌《じょうぜつ》になる刀根に、これまでとは違った感情を覚える。

自分を脅して身体の関係を迫ってくるような男なのに、当たり前に家族を愛し、愛されている刀根。

自分を苦しめておきながら、何食わぬ顔で家族に囲まれて正月を過ごすのかと思ったら、堪えようのない妬《ねた》ましさがこみ上げてきた。

優貴は刀根にすり寄る。

「及川主任？」

訝しげに自分を呼ぶ声を無視し、優貴は身をかがめベッドに座る刀根の腰を跨《また》いだ。いきなりのことに驚いて硬直している刀根に抱きつくように腕を回し、首筋に顔を埋める。そしてそのままの体勢で唇を押し当てて、思い切り吸いついた。

「っ！」

刀根の身体がビクリと揺れる。けれど引きはがされることも、怒られることもなかった。それをいいことに、優貴はそこにしっかりと痕《あと》を刻み込んだ。

「主任……」

抱きつかれ首筋にキスをされて、刀根は優貴の意図を誤解したようだ。熱っぽい息を吐きながら、優貴の頭と腰を優しくなでてきた。

その途端、手の平を返すかのようにさっさと刀根の膝から下り、憮然とした顔で男を見下ろす。

いい雰囲気になりかけたところを中断され、刀根は目を瞬《しばた》かせていた。

「及川主……」

「じゃあな」

困惑する刀根を残し、コートを羽織《はお》りホテルの部屋を出た。

もう何度も利用しているため、すっかり見慣れた廊下をいつものように一人で歩きながら、優貴は笑いを堪えきれなかった。

——いい気味だ。

最後に確認した刀根の首筋には、見事な鬱血斑《うっけつぱん》が残っていた。大人ならそれが何か、一目でわかるだろう。

——実家に帰って、気まずい思いをすればいい。

家族にキスマークを見つかり、質問されて慌てる刀根を想像する時間は、存外に優貴を楽しませてくれた。


そして迎えた正月。

自宅である古アパートの寒々しい部屋で一人でひっそりと年を越した優貴は、指定された時間ぴったりに実家に赴《おもむ》いた。

都心部にほど近いため建坪《たてつぼ》は狭いが、外壁から内装、家具に至るまでこだわって建てたという一軒家は、父と再婚相手の義母、二人の間に生まれた異母弟の家で、優貴の居場所はない。

一時は施設に身を寄せた優貴がこの家に引き取られた日のことは、今でもよく覚えている。

初めて会った義母は、父に連れられて家に上がった優貴を見て、あからさまに嫌な顔をし、挨拶をしても一言も返事をしてくれなかった。そしてそれはこの家での生活が始まってしばらくしても変わらず、義母は出て行けと言わんばかりの冷たい態度を取り続けたのだ。

正直、居心地は悪かった。

けれど、ここを追い出されたら行くところがない。施設に戻りたくないし、母と住んでいたアパートも引き払われたと聞いた。それに何より、ここには父がいる。

優貴は子供ながらに追い出されまいと、必死に義母に気に入られようとした。そのために何を言われても笑顔でいて、家の手伝いも率先して行った。自分だけ誕生日を祝ってもらえなくてもクリスマスプレゼントもお年玉ももらえなくても、不満を言わず、いい子であり続けた。

それは学校でも同じだった。先生の言うことをよく聞く優等生を演じ、勉強も運動も頑張り同級生とも一度も喧嘩《けんか》しなかった。中学に上がってからも変わらず、定期テストでは常に学年で十位以内をキープし、生徒会役員も務めた。

優貴は自分の感情を押し込めて、我慢して努力して頑張っていい子でいた。

その結果、近所でも評判の出来のいい息子になり、仕方なく引き取った前妻の子供でも誉められればまんざらでもないのか、優貴がいい子でいれば義母の機嫌もそれほど悪くならず、家族と同じ食卓で食事をすることを許されるようになった。

けれど、それでも父や義母からの愛情は得られない。

特に義母は異母弟ばかりかまい、優貴の世話は食事の支度や洗濯などの最低限のことだけで、学校であったことを聞いてくれたことはなかった。父も仕事で忙しくあまり家におらず、いても優貴に話しかけると義母が不機嫌になるためか、目を合わせようともしてくれなかった。

異母弟に至っては、義母以上に優貴を疎ましく思っているようで、家でも学校でも、たびたび陰湿な嫌がらせをされた。

そうした生活は高校生になっても続き、大学に入学して一人暮らしを始めてからようやく解放されたのだ。

義母の顔色を窺うことなく生活出来て、何をしても怒られない。自分のしたいように振る舞えることがとても嬉しく、自由を満喫した。

しかし、次第に一人暮らしの寂しさが募っていった。

実家からは「呼ばれた時以外は帰ってくるな、連絡も必要最低限に」と言われていたため、気軽に帰省することも出来ない。

窮屈に感じていた実家暮らしだったが、誰もいない暗い部屋に帰るのは寂しく、人恋しくなる。

それを埋めるために、優貴は告白してきた女性と付き合うようになった。

だが、恋人がいても寂しい心は満たされない。誰と一緒にいても、孤独感を拭《ぬぐ》えなかった。

彼女たちはそれを敏感に感じ取ったようで、ちょっと見た目がよくて優しいだけの男はすぐに飽きられ、別れを告げられた。

しかし、皮肉なことに、一人去ったらまたすぐに次の女性が言い寄ってくる。ずっと抑圧《よくあつ》された生活をしていたため、愛想笑いが顔に張り付いている優貴の周りには、いつも誰かしら人がいた。

けれど、可愛らしい女性に誘われても、綺麗な女性に好きと言われても、何人もの女性と付き合ってみても、心は空っぽのまま。誰と付き合っても同じで、心が動かなかった。

そうするうちにやがて悟ったのだ。

自分は一生一人なのかもしれない、と。

近づいてくる人は皆、優貴の表面上の顔しか見ない。いい部分だけしか見ないで、少しでも想像と違うと離れていく。

そして優貴自身も、一人になりたくないという気持ちばかりが強く、傍にいてくれるのなら誰でもよかった。

――僕は誰のことも愛せない。

そんな人間を本当に愛してくれる人なんて、いない気がした。

それに気づいた時、優貴は一人で生きていくことを考え始めた。

この先、何十年とある人生を生きていく術《すべ》を得るために勉強に励み、希望していた会社に就職し、地道な努力を重ねてようやく、将来への不安のない平穏な生活を送れるようになった。

そして、何を犠牲にしても守り抜くべきものを見つけた。

運がいいことに、上司に気に入られたおかげで志穂と見合いをして、このままいけば彼女と婚約し結婚するだろう。

だから、絶対に刀根を黙らせておかなくてはいけない。

自分が今の立場を守るために、彼にしたことを知られたら……一度落ちたら、這《は》い上がることは不可能だ。使えないと判断されたら、切り捨てられる。自分には本当に何もなくなってしまう。

守らなくてはいけない。自分を。刀根から。

家族の会話に混じれない優貴は、ダイニングテーブルの前に座り、続きのリビングで談笑している父と義母を見るとはなしに見ながら、そんなことを考えていた。

その時、階段を降りる足音が聞こえてきて、異母弟である駿司《しゅんじ》がリビングに顔を出した。

「駿ちゃん、起きたの？　お腹すいたでしょう、すぐご飯用意するわね」

駿司の姿を見て義母が笑顔で立ち上がる。駿司は返事もせずに、食事を摂るためイスに腰掛けようとして優貴の姿を見つけ、形相《ぎょうそう》を変えて叫んだ。

「なんでこいつがいるんだよ！　早く追い出せよ！」

三年ぶりに顔を合わせた駿司は、優貴を指さし義母に訴えた。

義母が慌てて駆け寄り、「ごめんなさいね。もうじき帰るから。お正月くらい呼ばないと、世間体が悪いのよ」と困り顔で宥めるが、駿司は大声で騒ぎ続ける。父親はソファで新聞を広げ、こちらを振り向きもしない。相変わらず見て見ぬふりだった。

優貴はこれ幸いと立ち上がる。

駿司の暴言には慣れているため、このくらいでは怒りもわいてこない。帰る口実を作ってくれてありがたいとさえ思えた。

「僕はもう失礼します。お邪魔しました」

優貴が目の前から消えるまで、駿司は喚《わめ》き続け、義母がそれを猫なで声で宥めていた。

追い出されるようにして実家の玄関を出ると、ようやく肩の力が抜ける。

この家で過ごす時間はとても息の詰まるものだった。けれど、近所の目を気にする義母に呼び出されたら、断ることも出来ない。

もう家を出て十年も経っているのに、まだ義母の顔色を窺う癖が抜けていなかった。

優貴は門をしっかり閉じ、駅に向かって歩き出す。

先ほど見た感じでは、駿司は相変わらずのようだ。

自分と四ヶ月しか違わない同学年の異母弟は、小学生の頃から優貴のことを、義母から教えられた通りに「愛人の子」と同級生に言っていた。実際は父が優貴の母と結婚している時に、不倫関係にあった義母との間に生まれたのが駿司なのだが、義母が優貴を引き取る時に周囲にそう言ったこともあり、この辺りの人は優貴を愛人の子として見ている。そしてどうやら駿司も、その時の義母の言葉を今でも信じているようだった。

そうしたことから優貴を忌《い》み嫌っているようで、学生時代にも色々と嫌がらせをされてきたが、大学入試を機にさらに憎悪の目で見られるようになったのだ。

駿司は優貴とは別の私立高校に進学したが、そこで勉強についていけなくなり不登校になった。本人も義母も大学進学を希望していたため、高校に行かずに家庭教師をつけて受験勉強をしていたが、希望していた大学に全て落ち、それ以来働きもせず家に引きこもっている。

今もそうかは誰も教えてはくれないが、先ほど見た異母弟は髪も肩につくほど長く、無精《ぶしょう》ひげだらけの顔をして、正午を回っているのに部屋着なのかパジャマなのかわからないような格好をしていた。

正月で仕事が休みというだけなら、ああまでだらしない風体《ふうてい》をしていないだろう。おそらく、今も働いていなさそうだ。

優貴はフッと口元を歪め、自嘲《じちょう》的に笑う。

自分は大手化粧品会社に勤め、重役の娘との結婚話も進んでいる。

誰から見ても駿司よりもちゃんとした人生を歩んでいるというのに、愛されるのは自分ではなく異母弟。

今日だって、父や義母に、結婚するかもしれないと報告しようと思っていたが、目すらまともに合わせてもらえず、茶の一杯も出してもらえなかった。

この差はなんなのだろう。

自分と異母弟に、どんな差があるというのだろうか。

実家に帰ってもいいことはない。居心地が悪く疎外感を感じるだけ。自分はこの家の家族ではないのだと、邪魔者なのだと再認識するだけだとわかっているのに、呼ばれればどうしても行ってしまう。

「……」

その時、優貴の脳裏に刀根の顔が浮かんだ。

どうしてこのタイミングで刀根を思い出してしまったのか。

理由を探るより先に、刀根はどうしているのか考えてしまう。

きっと今頃、実家で過ごしているだろう。

正月の予定を話す時の、どこか嬉しそうな顔を思い出し、優貴は口元を引き結ぶ。

優しい家族に囲まれ談笑する刀根を想像し、優貴の胸はチリチリと焼けた。家族と共に正月休みを満喫していて、優貴のことなど忘れているはずだ。

そう思ったら、先ほど実家で邪魔者扱いされた時よりも、やるせない気持ちになっていく。考えれば考えるほど、暗闇に足を突っ込んでいっているような気がして、こんな時は何も考えなくてすむように、さっさと帰って日頃の疲れを取るためにも寝正月を決め込もうと、駅までの道を急ぐ。

ところが、そう思った矢先に刀根から一通のメールが届いた。

少々身構えつつ開いてみると、内容は意外にも新年の挨拶だった。まるで仕事先に送るような堅苦しい文面だったが、優貴は何度も何度もそのメールを読み返す。

憎しみしか抱いていない相手のはずなのに、今、この時に自分のことを気にかけてくれている人がいたことが嬉しくて、それでいて、そんな相手は世界で刀根だけのような気がして、優貴は苦笑いするしかなかった。

志穂から連絡があったのは、正月休みが終わる二日前だった。

柏木家では毎年正月は海外に行くらしく、優貴も誘われたが実家に帰る都合があったので断っていた。志穂は優貴が一緒でないことに残念そうな顔をしたが、無理強いすることはなく家族と旅行に出かけていった。

そのため、志穂と会うのはクリスマス以来。

待ち合わせ場所のカフェに入ると、オフホワイトのセーターに膝丈のフレアスカートという装いの彼女は、優貴の姿を見つけ小さく手を上げ微笑んだ。優貴も意識して口角を持ち上げ笑みを作る。

「これ、優貴さんに似合うと思って」

席に着いてすぐ差し出されたのは、有名ブランドの紙袋だった。袋の中には小箱が入っており、開けるとカフスボタンとネクタイピンが入っていた。土産《みやげ》というには高価すぎる贈り物に、優貴は手に取るのを躊躇《ため》らってしまう。

女性からプレゼントをもらった際は、お返しが必須だ。それも、受け取った以上の物を返さないと、相手を少なからず失望させてしまう。

この間のクリスマスにアクセサリーを贈ったばかりだし、今優貴にはこのプレゼント以上に高価な品物を志穂に渡せる金銭的余裕がなかった。

「気に入らなかったかしら」

志穂が優貴の戸惑いを察し、心配そうに尋ねてきた。

優貴は無理矢理笑みを作り、「いや、嬉しいよ」と言いながら箱を閉じる。

「嬉しいけど、こんな高価な物は受け取れない」

「気にしないで。私が勝手にしたことだから。優貴さんのことを考えながら買い物をするのが楽しいの」

「でも、やっぱり受け取れない」

口調は柔らかいが、頑として受け取ろうとしないことで、志穂はみるみる表情を曇らせていく。彼女の気分を害してしまったかと少し焦った。

「気持ちは本当に嬉しいよ。ありがとう。だけど僕は土産なら、物をもらうより君の話を聞きたいな。休暇は楽しめた？」

「……ええ」

「向こうは暖かかっただろ？　こっちは雪が降りそうなくらい、ずっと寒かったんだよ」

いつものデートと同じように当たり障りのない話題を振っても、志穂は乗ってこない。せいぜい相づちを打つくらいで、下を向いたまま優貴と目を合わそうとしなかった。

土産を受け取らなかったことが、それほど彼女を落ち込ませてしまったのだろうか。

優貴は内心慌てつつも、表面上は気づかないふりでいつもと同じように振る舞った。

しかし志穂の機嫌は一向に直る気配がなく、次第に息が詰まってくる。志穂が話さないから会話も弾まない。一人でしゃべっている優貴も、段々疲れてきて口数が減る。二人の間には微妙な空気が流れ出した。

そうして頑なな志穂の態度に、途方に暮れ始めた頃だ。

「及川主任」

突然名前を呼ばれ顔を上げると、テーブル脇に見慣れた男が立っていた。

「……刀根？」

「こんなところで会うなんて、奇遇ですね」

「あ、ああ」

「俺は昨日の夜帰ってきたんです。主任は？」

「僕は正月に少し実家に顔を出したくらいで、後はずっと家に……」

そこで刀根の視線が志穂に向く。志穂も見知らぬ男が間に割って入ってきて驚いたのか、刀根を訝しそうな顔で見上げていた。

「お連れの方がいるのに、すみません。及川主任と同じ会社の刀根と申します」

「ああ、会社の方だったんですね。私は柏木志穂と申します」

「柏木……、もしかして、柏木専務のお嬢さんですか？」

「はい。父がお世話になっております」

二人は笑顔で自己紹介をし、優貴を蚊帳の外にして世間話に花を咲かせ始める。

――本当に偶然なのか？

優貴は刀根に、薄気味悪いものを見るかのような視線を送った。

常日頃、無表情なこの男が志穂にはにこやかに笑いかけている。それに、普段は職場でも雑談一つせずに淡々と仕事をするだけだったのに、今は会ったばかりの女性相手に饒舌に会話をしていた。志穂も志穂で、刀根が会社の人間だとわかると警戒を緩め、打ち解けた話し方になっている。

「刀根、悪いが今、彼女とデート中なんだ」

はたからは好青年に見えるであろう刀根を胡散《うさん》臭く感じ、優貴は二人の会話を遮った。

刀根にあのことをしゃべられたらお終いだ。口止めにこの男と関係を持っていることは、それ以上に知られたくない。

刀根が志穂に話すのではないかと気が気でなく、優貴は男を早々に追い払うことにした。

「すみません、邪魔してしまって。じゃあ、俺はこれで」

粘《ねば》るかと思ったが、刀根は予想外にあっさりと店を出て行く。志穂は刀根の後ろ姿を見えなくなるまで目で追っていた。

「邪魔が入って悪かった。そろそろ出ようか。志穂さんの好きそうな映画がやってるから、それを観に……」

「映画を観た後は、どちらに連れて行ってくださるの？」

「この間行った創作料理の店がよかったから、またそこに行こうかと思ってるけど、他に行きたいところがあるならそこでいいよ」

ようやくまともに口を利いてくれてホッとしたのも束《つか》の間《ま》、志穂は真っ直ぐ優貴を見つめ、こう言ってきた。

「優貴さんのおうちに行きたい」

「……ごめん、正月休みでダラダラしてたから、部屋が……」

「『散らかってる』って言うんでしょう？　いつも私は気にしないって言ってるのに、今日もそれを理由に断られるのね」

「本当に掃除してなくて、そんな部屋を君に見られたくないんだ」

志穂は眉をキュッと寄せる。いつも大人しくて、声を荒らげることのない人だったから、こんなに強い瞳を向けられたのは初めてだ。

「いつになったら招いてくださるの？　あなたと一緒にいられればそれだけで楽しいし、こうして外で会うのもいいけれど、優貴さんの生活しているお部屋を見てみたいの。たまには優貴さんのお部屋でご飯を作って、一緒に食べたりしたいのよ」

それは付き合っていれば自然な望みだと思う。優貴だって今のアパートに引っ越す前は、望まれれば恋人を部屋に上げていた。

けれど、あの家賃の安さだけが魅力の古びたアパートの一室を、彼女に見せて幻滅されたくなかったのだ。

それは男としての変な見栄《みえ》で、志穂は優貴がどんな部屋に住んでいても、驚きはしても気にはしないだろう。そういう女性だとわかっていても、彼女を部屋に招きたくなかった。

「……ごめん、今日は本当に駄目なんだ」

志穂は悲しそうな顔で無言で席を立った。その後を追いかけようと腰を浮かせたけれど、思い直して再びイスに座った。

志穂を誤魔化すのも限界かもしれない。

彼女から部屋に行きたいと言われるたびに引っ越しを考えるが、すぐに実行に移すのは難しい。給料日からそれほど経っていないし、先月にはボーナスも出た。けれど優貴の預金通帳には、引っ越し費用にすら満たない額しか入っていない。正直、今日のデートがこれで終わって、余分な金を使わなくてすむことにホッとしている部分もあった。

優貴はすっかり冷め切ってしまったコーヒーを口に運ぶ。

こんなコーヒーが一杯八百円だ。インスタントコーヒーと味なんて変わらない気がするのに。

一生懸命働いても、必死で営業成績を上げても、一向に生活は楽にならない。

でも、それも彼女と結婚するまでの辛抱だ。志穂と結婚すれば、きっと全て上手くいく。

専務の義理の息子という立場になれば、将来の出世を確約されたようなもの。上へ行けば行くほど、手にする報酬《ほうしゅう》も多くなる。苦しい生活から抜け出せる。

優貴は最後の一口までコーヒーを飲みほし、店を後にした。


志穂が帰ってしまい予定が空いたが、他にすることも行きたいところもないため、自宅に帰ることにした。帰ってもやることはないが、正月休みで家族連れが多い街中を一人で歩き回るよりは気分的にましだろう。

寒風に身を縮めながら俯き加減で歩いていると、自宅近くのコンビニの前でふと名前を呼ばれた気がして顔を上げる。

「及川主任、お早いお帰りですね」

「と、刀根っ？」

こんなところで刀根と出くわすなんて思っておらず、驚きで声が裏返ってしまった。

刀根の住んでいる場所は、ここから会社を挟んで逆方向だと聞いている。

これは偶然ではない。自分を待っていたのだと直感で悟る。

刀根は先ほどとは違い、無表情だった。

「僕をつけ回してるのか？　なんの用だ」

「別につけ回してなんていませんよ。あのカフェで会ったのは偶然です。それで、カフェを出た後は、ここであなたが帰ってくるのを待ってました」

あれから二時間近く経っている。つけ回していなくても、待ち伏せされていた事実だけで十分気味が悪い。自分のしていることがおかしいと、この男は本気でわからないのだろうか。

優貴は一歩後ずさり距離を取る。

「待っていたのは、あなたと話がしたかったからです」

「僕には話すことなんてない」

「そうでしょうね。俺からの連絡に一切返事をしてくれなくて、ようやく返事がきたと思ったら、あっさり誘いを断られましたし」

「………」

会社が休みに入ってから、刀根から二日に一度の割合で他愛のない内容のメールがきていた。正月のメールもその一つで、その後にきたメールも返信を要すようなものではなかったし、何よりどう返していいのかわからなくて、読んだ後は放置していた。

それでも一度だけ返事を出したのだ。

一昨日、正月休み最後の日に会えないか、と聞かれ、珍しくこちらの都合を尋ねられたので『先約がある』と断った。本当は先約などなかったが、長い休みの間ほとんど人と会話をしておらず人恋しくなっていたためか、刀根の誘いを抵抗なく承諾しそうになったことに気づき、すんでのところで断ったのだ。たまたまその後に志穂に誘われ会うことになり、嘘が本当になってどこか安堵していた。

「『先約』というのが、彼女とのデートだったわけですね」

「……ああ」

「嘘つきですね。さっき彼女が言ってましたよ。あなたと約束したのは昨日だって。俺がメールしたのは一昨日だから、その時は予定は空いていたはずだ」

そういえば先ほどそんなことを言っていた気がするが、優貴は聞き流していた。

「予定がないのに、どうして断ったんですか？」

勘弁《かんべん》してくれ、と思った。

家の近くの道端で、こんな話をしたくない。

人目が気になることや、嘘を見破られた気まずさから落ち着きなく視線をさまよわせても、刀根は追及の手を緩めなかった。

「答えてください」

——この男のこういうところが嫌なんだ。

優貴は公衆の面前で言い争うことにほとほと嫌気がさし、強い口調で言った。

「会いたくなかったからだ」

「会いたくなかった？」

「ああ。会いたいわけないじゃないか」

刀根がスウッと目を細める。静かな怒りの気配を感じ、刀根の逆鱗《げきりん》に触れてしまったことを知った。

それでも言葉は止まらない。

「わからないのか？　僕が好んであんなことをしているとでも？　ありえないだろ」

刀根といると苛々する。

どうしてか取り繕うことが出来なくなり、こうして隠していた本音を言ってしまう。いや、無意識にわざと彼を傷つけるような言葉を選んでいる気がした。

それもこれも、きっと、この男が憎いからだ。

優貴の言葉を聞き終わると、刀根は静かに口を開いた。

「それならそう言ってほしかった」

「言えるわけないだろ」

「それでも、俺には嘘をついてほしくなかったです」

ズキリと胸に痛みが走る。

嘘ばかりついている自分を責められた気がして、何も言えなくなった。

刀根はいったん言葉を区切り、話題を変えてきた。

「あなたは志穂さんのことを、どう思ってますか？」

「……大切な人だ」

「好きということですか？」

「……ああ」

優貴の答えを聞き、刀根がため息をつく。

「嘘はつかないでくださいと言ったはずです」

呆れたような、失望したような言い方をされ、優貴もカッとなって言い返す。

「嘘かどうかなんて、お前にはわからないだろっ」

「わかりますよ。それに、結婚後の二人の様子も。好きでもないのに結婚して、幸せになれるとは思えません。二人とも辛い思いをするだけです。今のような気持ちでいるのなら、別れた方がいい」

「お前だって結婚していないくせに、わかったようなことを言うな」

「俺はあなたに幸せになってほしいんです」

真っ直ぐな眼差しで思いもよらないことを言われ、驚きで一瞬思考が停止した。

——幸せになってほしい？

刀根は自分に対し、そんな風に思っていたのか？

——嘘つきはどっちだ。

優貴を追い詰めている張本人が何を言うのだろう。

「……なら、僕が幸せになるために、お前に出来ることを教えてやるよ。……今すぐ僕の前から消えてくれ。そうすれば、僕は今より確実に幸せになれる」

刀根が目を見開き、呆然とした顔で見下ろしてきた。よほど応えたのか、珍しく彼から先に視線を逸らした。

しかし、刀根もここで黙って引くほど殊勝《しゅしょう》な男ではない。

「……それでもあなたは、俺から逃げることは出来ない」

その言葉は優貴に恐れを抱かせる。

刀根はそれだけ言うと、優貴に背を向け立ち去っていった。

結局、刀根は何をしに来たのだろう。

嘘をついたことを責めたかったのだろうか。そのためにわざわざ待ち伏せていたのか？　いつ帰るかわからない自分を。

――刀根の言動は、いつも理解不能だ。

人のミスを黙って被り、けれど後々、それを盾に脅してきて身体の関係を強要した。きっと自分のことを恨んでいるのだろうと思っていたのに、あの男は優貴に幸せになってほしいと言い出した。

もしそれが彼の本心だとしたら、いったいなんて皮肉なのだろう。

自分を脅《おびや》かす存在である刀根だけが、唯一自分の幸せを願ってくれていることになるのだから……。

次に呼び出されたら正直に断っていいものかどうか、優貴はその後しばらく悩んだのだった。

半月が過ぎても、意外なことに刀根からの連絡はこなかった。これまで毎週末呼び出されていたのに、いったいどうしたことだろう。

言い争った後に急に連絡がこなくなったため、優貴は不安になった。刀根に反抗的な態度を取ったことで、本気で怒らせてしまったのではないか、と気が気でない。あの一件について言いふらされるのではと思ったら、仕事にもいまいち集中しきれなくなっていた。

そして、刀根から連絡がこなくなって三度目の金曜日。

優貴は昨日から何度もスマホをチェックしているが、相変わらず連絡はない。この分だと今日も呼び出しはないようだ。

ホッとしていいはずなのに、こうも音沙汰がないとかえって不気味に感じ、落ち着かない。

仕事が一段落したので、気持ちを切り替えるために少し休憩しようとデスクを離れる。給湯室でカップにコーヒーを注ぎ、席に戻る前にスマホを取り出す。

刀根と会わなくていいのなら、志穂を食事に誘おうと思ったのだが、そこでふと彼女とも全く連絡を取っていなかったことに気づき慌てた。

志穂とは前回、気まずい別れ方をしてしまっている。その後、何度かご機嫌伺《うかが》いのようなメールをしたが、彼女からはそっけない返事が返ってくるだけで、どうも自宅に呼ばない限りは機嫌を直してくれそうになかった。かと言ってあの部屋に上げることも出来ず、次第にメールするのが面倒になり、間隔を空けて連絡するようになっていた。

この間連絡したのは五日前。彼女とも刀根と同じく、あの日以来会っていない。

優貴は志穂に、夕食を一緒にどうかとメールを打つ。今日はすぐに『行きます』と返信がきた。

最近、もしかして距離を置かれているのでは……、と不安になっていたので安堵する。

志穂のことは大事に思っている。今後の人生を決めかねないほど、この縁談は大きなものだからだ。だからこそ、志穂に気に入られようと、これまで付き合ってきたどの女性よりも気を配ってきた。そしてこれからも、志穂を喜ばせる行動をすることが、自分の仕事だ。

志穂への返信を打っていると、そのタイミングを見計らったかのように一通のメールを受信した。志穂からかと思い確認すると、差出人は刀根だった。

もう今日は連絡してこないと思っていたから驚いた。

メールを開くと案の定、いつもと同じく事務的に待ち合わせの時間が書いてあるだけだった。

優貴は数秒思案した後、すぐさま志穂に急用が入ってしまった、とメールを打つ。その次に刀根に宛てて短く『わかった』と返事をし、スマホを仕舞った。

志穂より刀根を優先したような形になってしまったが、仕方ない。志穂以上に刀根の機嫌を損ねるようなことをしてはならないのだから。

誰にともなしに心中でそう言い訳し、優貴は時間に遅れぬよう、デスクに戻り細々とした仕事を片づけていった。


「いい加減、腕を解いてくれっ」

身体から一切の衣服を奪われ、両手を背中で一つにまとめネクタイで縛られた格好でベッドに転がされた優貴は、自分を見下ろす刀根を睨みつける。

久しぶりに会った刀根は、しばらく連絡を寄こさなかったことについては何も語らず、この間言い合いになった件についても触れずに、これまでと同様、優貴をホテルへ誘ってきた。

顔を合わせた時も相変わらずの無表情だったが、怒っている素振りは微塵もなく、そんな刀根を見て優貴はもう前回のことは気にしていないのだと思い、全く警戒せずに男の後をついて行った。いつものように部屋に入ってすぐ服を脱がされベッドに押し倒されても抵抗しなかった。

優貴が異変に気がついたのは、うつ伏せにされ両手を縛り上げられた時だ。

刀根は両手の自由を奪うと、困惑している優貴の身体中を触り躊躇いなく中心を口に含んだ。性器に直接的な刺激を加えられ、そこはすぐに反応を示す。固くなった中心を散々しゃぶられ、刀根の唾《だ》液《えき》と先走りで下腹部は濡れそぼり、後ろの蕾にまでそれが垂《た》れていく。

刀根に触られている間も幾度となくネクタイを解くよう訴えたが、ことごとく無視され、黙々と先を続けられた。

抗議するために開いた口の中にいきなり指を差し込まれ、驚いている隙に優貴の唾液を纏った指を濡れた蕾に宛てがわれる。そしてそのまま無遠慮に中へと進入させてきた。

「う……っ」

指を抜き差しされ、優貴は低く呻いた。

痛みはないが、どこか乱暴で性急な行為に違和感を拭えない。これまでこれほど強引に触れられたことはなく戸惑うばかりだった。

そっと刀根を見やると、彼はなんの感情も窺えない冷めた目で優貴を見下ろしている。

「やめっ、んっ、あぁ……っ」

内側の感じる部分を擦られ、背が反り返る。荒々しく中をかき回され、その激しさにまるで別人に触れられているような感覚に陥った。

優貴は身を捩って刀根の下から這い出そうとしたが、相手がそれを許すはずはなく、腰を掴まれ動きを封じられる。

「いや、くっ……っ、やっ」

優貴が抵抗を示すと、刀根が苛立ったように舌打ちした。

今までにない不機嫌な空気を感じ取り、優貴は動きを止め刀根を見つめる。

眉間に皺を寄せ、渋面《じゅうめん》を作った男。普段から表情の乏しい刀根だが、笑うことが少ない分、怒ったところも滅多に見たことがなかった。それが今、自分に対し、この男は苛立ちを露わにしている。

優貴が信じられない思いで見返すと、刀根が眉間の皺をさらに深くし自らのネクタイを解いて、それを優貴の目に押し当ててきた。

「なっ！　やめろっ」

抵抗しても両手が縛られた状態では、振り払うこともままならない。あっさり目を覆われ、視覚をも奪われてしまった。

「悪ふざけもたいがいにしろ！」

見えないことが、こんなにもストレスになり怖いものだと知らなかった。

さっきまで見ていたのに、周りの状況がわからなくなって、気軽に身動きすることが出来ない。

優貴が軽いパニックになりながら怒鳴ると、なんの前触れもなく中心に指を絡められ飛び上がった。

「ひっ！」

握ったままゆるゆると上下に動かされ、そこから濡れた音が聞こえてくる。勃《た》ち上がったままのそこは、刀根の手の中で快感に震えた。

視覚を奪われたことで感覚が鋭敏になっているようで、このくらいの刺激でもすぐに達してしまいそうになる。

唇を噛んで快楽の波をやり過ごそうとしていると、刀根が指を離し、優貴の身体をうつ伏せにして腰だけ高く持ち上げてきた。

再び中心を緩くしごかれ、それと同時に刀根の剛直が中へ侵入してくる。

体内に熱い固まりを埋め込まれ、そして引き抜かれる。

刀根が動くたびに、いつもより鮮明に内壁を擦られる様を意識し、あっという間に優貴の中心は弾けた。

シーツを汚してしまったと一瞬焦ったが、すぐにそんなことにかまっていられなくなる。解放の余《よ》韻《いん》に浸《ひた》る間もなく激しく腰を打ち付けられ、何がなんだかわからなくなってきた。

強い悦楽に頭と身体を支配され、刀根の動きに合わせて自らも腰を振る。いつものように中心をしごきたかったが、両手を縛られているため叶わない。もどかしさに生理的な涙が溢れてくる。

「あんっ、あっ、手、手を……っ」

揺さぶられながら刀根に訴えた。けれど、やはり解いてくれない。

「解いてくれっ、あっ、んぅっ」

後ろからされるのもいいが、やはり前からしてほしい。その方が感じる。

向かい合わせになって後ろを貫かれながら、広い背中に腕を回し、数え切れないほどのキスを与えられ、絶頂を迎えたかった。

——そういえば、今日は一度もキスしていない。

それに気づいた時、ふと刀根が腰の動きを止めた。

「え……？」

どうしたのだろう、と思っていると、優貴の耳にブザーの音が聞こえてきた。

突然の来客に驚いて硬直する。

ルームサービスなんて頼んだ覚えはない。部屋を間違ったのだろうか。

息を潜《ひそ》めていると、刀根が優貴の中に自身を埋め込んだ状態のまま、ドアの向こうに聞こえるように大きな声で「はい」と応える。

続いて聞こえてきた覚えのある女性の声に、全身から血の気が引いた。

「あの……、柏木です」

ドアに阻《はば》まれくぐもって聞こえた声は、この場にいるはずのない人物の名前を名乗った。

——どうして、彼女がここに……！

優貴は混乱して言葉を失う。

すると刀根が平然と言い出した。

「お呼び立てしてすみません。及川主任からあなたにお話があるそうです」

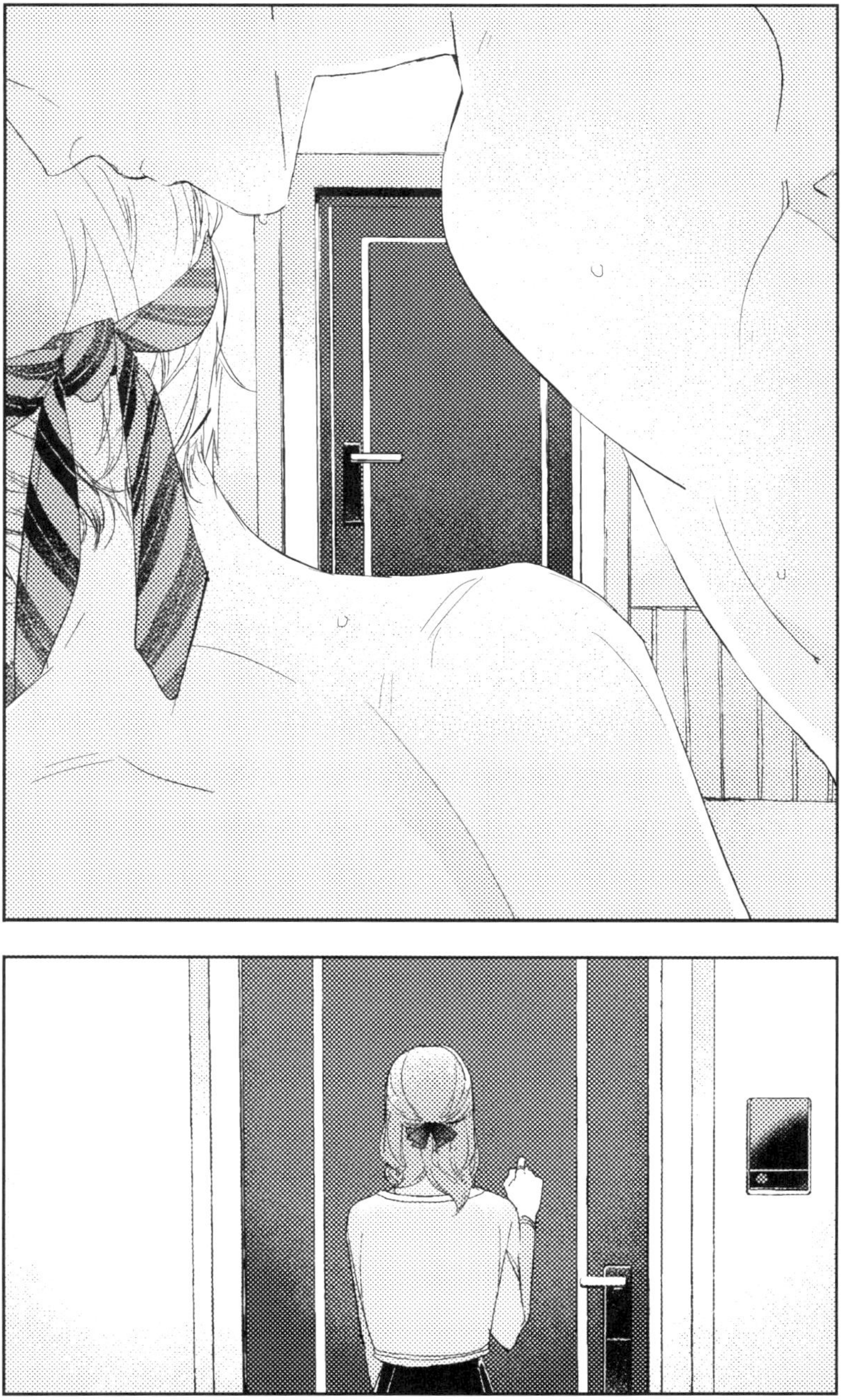

「は……？」

刀根が何を言っているのか、理解出来なかった。

刀根の言葉を何度も頭の中で反芻《はんすう》し、ようやく全てこの男の仕組んだことだと悟る。

「お前、いったい何を考えてるんだっ」

志穂に聞こえないよう、いくぶん声を潜め抗議した。しかし刀根は混乱し憤っている優貴に、突拍《とっぴょう》子《し》のない命令をしてきた。

「彼女に別れると言ってください」

「はぁ？　そんなこと、言うわけないだろっ」

当然のことながら突っぱねると、それまで動きを止めていた刀根が、強く腰を打ち付けてきた。

「あうっ」

衝撃で甲高い声を上げてしまい、慌てて唇を噛む。

「言ってください」

「いやだって……っ、あっ、んっ！」

刀根は容赦《ようしゃ》なく腰を使ってきた。優貴は必死に声を我慢したが、ベッドのきしむ音が志穂に聞こえるのではないかと、気が気じゃない。

「……優貴さん？」

志穂に名前を呼ばれ、全身に冷たい汗が流れる。

優貴は悟られてはならないと、唇を血が滲《にじ》むほど噛みしめた。

「強情ですね」

しばらくすると刀根が自身を引き抜き、ベッドを下りる気配がした。

諦めたのだろうか、と安堵した直後、さらにとんでもないことを言い出した。

「あなたから別れを切り出せないと言うのなら、彼女から言ってもらいましょう。今のあなたの姿を見たら、きっと悲鳴を上げて逃げ出すでしょうから」

自分から遠ざかっていく足音が聞こえ、刀根が何をしようとしているのか察し、慌てて引き留める。

「ま、待て！」

「優貴さん？　どうなさったの？」

「い、いや、なんでもないっ」

「お話って何かしら？」

「それは……、その……」

刀根にかけた言葉を志穂に聞き咎められ、直接先を促されてしまった。

——どうしたらいいんだ。

ドアのこちら側で何が起こっているのか、彼女は知らない。

自分は今、ホテルの一室で男とセックスの真っ最中だ。それも目隠しをされ、両手も縛られ、全裸でベッドに転がっている。脅されて関係を持っているとはいえ、刀根に貫かれて優貴の身体は歓喜していた。
こんな姿を見られたら、自分の人生は終わりだ。

「これが最後です。彼女に別れを告げるか、それとも今のあなたの姿を見てもらうか、どちらかを選んでください」

刀根の言葉が静かに響く。

目隠しをされているから、彼が今どんな表情をしているか、見ることは出来ない。けれど、あざ笑っている気がした。

自分のことを陥《おとしい》れた優貴の人生の明暗を、今刀根が握っているのだ。これほど楽しいことはないだろう。

優貴は悔しさと怒りに震える声で、答えを告げた。

「志穂さん……、僕と、別れてください」

「優貴さん……」

「すみません……別れてください。お願いです、僕と別れてください」

顔を伏せ、額をシーツに擦り付ける。

刀根が憎くて憎くて仕方なかった。

両手が自由だったら、きっと殴り飛ばしている。

声も聞きたくないほど、憎かった。

ドアの向こうでしばらく沈黙した後、志穂から返事がきた。

「……どうしてそんな大事な話を、ドア越しにしなくてはならないの？　直接顔を見て話をしてください」

それは当然の要求だ。けれど今、この状況で会うことは出来ない。

優貴がなんと言おうか言葉を探していると、志穂から立て続けに疑問を投げかけられた。

「もう私とは会いたくないということなの？　顔を見て話をすることさえ嫌なの？　だから今日も、一度は誘ってきておいて、でもやっぱり二人きりは嫌だから刀根さんを介してここに呼び出したの？」

彼女の言葉で、やはり刀根がこうなるよう全て仕組んだのだと確信した。いったいいつ、どうやって志穂と接触を図ったのだろう。まさか、ずっと裏で連絡を取り合っていたのでは……。

――いや、今はそんなことを考えている場合じゃない。

誤解だけは解いておかないと、彼女の中で自分の印象がとても悪くなってしまう。

優貴はこの時になってもまだ、自分の会社での立場を考えていた。

――何か言わなくては……。でも、どう言えばいいんだ？

志穂を嫌いになったわけではないと告げれば、それならなぜ急に別れを切り出したのか、理由を尋ねられる。優貴はその質問に上手く答える自信がなかった。

必死に言葉を探していると、返事がないことを肯定と受け取った志穂に、諦めたような声音で言われた。

「……わかりました。残念ですけど、お別れしましょう」

「志穂さん……」

「なんとなく、こうなる予感はしてたわ。優貴さんはとても優しくしてくれた。でも、どこか私との間に一線引いていたでしょう？　おうちにも招待してくれないし、日曜日以外は会ってくれない。他に誰かいるんじゃないかって、思ってたの」

「違……っ」

確かに、志穂の言う通りだ。でも、『他の誰か』というのは刀根のことだ。彼女の考えているような相手ではない。しかし、それを今言ったところでどうしようもなかった。訂正しても、その相手が刀根だと告げるわけにはいかない。本当のことなど、彼女に言えるわけがないのだから。

優貴は出かかった言葉をのみ込んだ。

「私もそのことで悩んでて、そんな時に刀根さんとまた街で偶然会って、優貴さんとのことを相談したの。そうしたら刀根さんから、優貴さんも私とのお付き合いを迷っているみたいだって聞かされて……」

おそらく、無理をして平静を装っているのだろう。最後の方は、声が震えていた。

「今までありがとうございました。優貴さんと一緒にいられて、楽しかったです。どうか、お幸せに」

志穂はその言葉を最後に、その場から立ち去ったようだった。

――僕はなんてことを……。

自分の愚《おろ》かさを痛感し、でもそれを認められずに優貴は刀根に行き場のない感情をぶつける。

「どうしてこんなことをしたんだ！」

半分以上、八つ当たりだった。

刀根も言っていたではないか。打算で結婚したところで、いずれ破局するだろうと。その言葉通りになったことが、とても悔しい。

刀根がどこにいるかは見えないから、部屋中に響きわたる大声で怒鳴った。

「これで満足か？　僕から彼女を奪って……将来を奪って、満足したか！」

ひとしきり刀根に罵声を浴びせた後、優貴はベッドに顔を埋める。

涙が止まらなかった。

志穂と別れたことは、すぐに父親である専務の耳に入り、そして会社中に広まるだろう。

婚約寸前までいっていたところでの別れは、心証を悪くする。専務に優貴から別れを切り出したと知れたら、それこそどんな叱責を受けるかわからない。仲を取り持ってくれた直属の上司の面目《めんぼく》も潰したのだから、営業部内でもこれから冷遇されてしまうかもしれない。

——終わりだ。

これで、全てが終わった。

なんのために、これまで努力してきたのだろう。

ただ安定した生活を手に入れたかっただけ。それだけなのに、どうして叶えられないのだろう。

——刀根さえいなければ、全部上手くいったんだ。こんなことにはならなかったはずだ。

自分の人生を狂わせた刀根に、恨みばかりが募っていく。

優貴が嗚咽《おえつ》を堪え肩を震わせていると、口を閉ざしていた刀根がどこかずれた質問をしてきた。

「なぜ泣くんですか」

「お前のせいだろうがっ」

騙《だま》し討《う》ちされたことが、耐え難《がた》いほど腹立たしかった。

「彼女を愛していなかったんでしょう？　なのに、どうして泣くんですか」

刀根の言葉は痛い。

いつも真っ正面から事実を投げつけられる。その言葉が心に突き刺さり、痛みを生む。

「お前に何がわかる！」

「わからないですね。でも、あなたも俺の考えていることなんて、わからないでしょう？」

「僕を、恨んでるんだろ。だからって、こんなやり方で……！」

やはりこの男は、自分を好きだから身体を求めたのではない。憎んでいるから、復讐《ふくしゅう》のために抱いた。これまで刀根と過ごした時間は、全てそのためのものだったのだ。

しかし、返ってきたのはとても静かな声音だった。

「違います。恨んでなんかいません」

刀根はそう言うと、ようやく腕の拘束と目隠しを外してくれた。

怒りと憎しみを込めて睨み上げる。刀根はこんな時でも相変わらず感情のない瞳をしていた。

「あなたを憎めたら、どんなに楽か……」

刀根が何を言いたいのか、全くわからない。

「憎んでないと？　憎んでいないなら、どうしてこんなひどいことをするんだ！」

優貴がそう訴えると、刀根の目つきが険しくなる。

「本当に、わからないんですか？」

肩を摑まれ、揺さぶられる。指先が肩口に食い込んで痛かった。

「どうして、わかろうとしてくれないんですか？　どうして……」

「それはお前だって同じだろ！　僕がどれだけ苦しんでいるか、わかってくれないじゃないか！」

——勝手なことを言うな。

どうして刀根の方が傷ついたような顔をするのだ。傷ついているのはこっちの方なのに。

刀根はわかっていない。優貴がどれほど安定した未来を欲していたのかを。その切実な想いを何もわかっていないのだ。

「いったい、どうしたらあなたに信じてもらえるんですか？　俺は、何を言っても何をしても、信じてもらえない」

刀根が低く呻くように呟き、優貴に背を向けてベッドの端に腰掛けた。

「どうしたら、俺の言葉があなたに伝わるんだろう」

――わかるわけないじゃないか。

幸せになってほしいと言いながら、その未来を奪った人間の気持ちなんて。

きっと刀根は適当なことを言って、自分を騙すつもりなのだ。油断させておいて、優貴を奈落《ならく》に突き落とす。復讐のために。

刀根の言葉なんて、信じない。

「もういい。もう僕にかまうな！」

「及川主任……」

「僕の名前を呼ぶな！　もうどうなってもいい、お前とも終わりだ。二度と寝ない！　ばらすならばらせばいい。だからもう、僕を自由にしてくれ！」

手を伸ばしてきた刀根を、思い切り突き飛ばした。

――もう指一本、触れてほしくない。

優貴は部屋に散らばった衣服をかき集め、急いで身につけていく。靴下とネクタイはポケットに突っ込み、ワイシャツのボタンも留めずに上からコートを羽織って部屋を出た。

刀根が追ってきてすぐに捕まってしまうのではないかと危惧したが、それは杞憂《きゆう》に過ぎなかった。

一人で外に出ると、雪が舞っていた。この冬初めての雪だ。

けれど、そんなことにかまう余裕はなく、優貴は脇目も振らず駅への道を急ぐ。

もう、全てが嫌になった。

刀根のことも、志穂のことも、自分のことも。思い通りにならない人生全てに嫌気がさした。

――思い出してしまった。

自分が誰からも愛されない運命なのだということを。

どんなに頑張っても、誰も自分を見てくれない。皆去っていく。

一人きりで終わる人生。

そんな人生なら、もういらないと思った。

優貴はこの晩から、刀根からの連絡を一切無視するようになった。

けれど、少しも気持ちは軽くならない。

ようやく刀根から自由になったというのに、何をしても彼と過ごしたこの数ヶ月を忘れ去ることは出来なかった。


志穂と別れて十日が過ぎた。

まだ社内でそのことは噂になっていないらしく、上司の耳にも入っていないようで、今のところ普段通りの日々を送っている。

周りからはいつもと変わらないように見えているだろうが、優貴の心は暗く沈んでいた。志穂とのこともちろんだが、それ以上に刀根のことが頭から離れず、優貴を悩ませているのだ。

刀根は相変わらず一方的なメールを送ってきていた。あんなことがあったのに、翌週も平然と誘ってきたので返信もせず、もちろん待ち合わせの場所にも行かなかった。その後、時間になっても優貴が訪れないことで刀根から何度も連絡がきたが、全て無視した。

刀根もさすがに無視されていることに気づいただろうに、懲《こ》りることなく連絡してくる。まるで、自分の存在を忘れることを許さないかのように。

頻繁にスマホの画面に刀根の名前が表示されるたびに、あの男が自分にしたことを思い出し、悲しみに似た怒りがこみ上げてきた。

その日の夕方も会社を出てすぐに電話が鳴り、また刀根からかとディスプレイを確認すると別人の名前が表示されていた。急いで出ると、電話口から懐かしい女性の声がした。これから会えないか、と聞かれ、考える前に了承の返事をする。

優貴が指定された喫茶店に着くと、すでに店内に相手の姿があった。彼女は優貴に気がつくと片手を上げて微笑む。

「久しぶりね。元気そうでよかった」

「うん。母さんも元気だった？」

向かいに座る女性――優貴の実母である明美《あけみ》は「ええ」と頷いた。

「あ、そうだ。これ、新色の口紅」

「まあ、綺麗」

「落ち着いた色味だけど、パールが入っているから、華やかな印象になると思うよ」

明美はさっそく箱から取り出した口紅の色を確かめる。気に入ってもらえたようで、にこりと笑みを向けられた。

「いつもありがとう。優貴は優しい子ね」

母にそう言ってもらえて優貴の顔も緩む。

しかし明美の笑顔はすぐに消え、沈鬱な表情を浮かべる。

「実はね、困ってることがあって……」

「どうしたの？」

「不況でスナックに来るお客さんが減っちゃったから、生活が苦しくて……。ねえ、お母さんを助けてくれる？　優貴だけが頼りなの」

「ちょっと待ってて」

優貴はすぐに席を立ち、近くの銀行のＡＴＭで金を下ろしてきて、明美に渡す。

「ありがとう」

明美は満面の笑みで金の入った封筒を受け取り、スナックの開店準備があるから、と喫茶店を出て行った。優貴は見えなくなるまで明美の姿を目で追う。

――母と再会したのは、五年前。

就職して二年が過ぎた頃、向こうから会いに来てくれた。

正直、嬉しかった。

母に見つけてほしくて、優貴は就職先に今の会社を選んだ。母がこの会社の化粧品をよく使っていたことを覚えていたからだ。どんなに小さくてもいいから、母との繋がりを持ち続けていたかった。そうすればいつか母が迎えに来てくれるかも、と、アパートを出たあの日からそのことばかりを考えていた。

どうやって優貴の居場所を突き止めたのかはわからないが、明美は再会出来たことを涙を流して喜んでくれ、優貴も涙ぐんだ。

明美は優貴と共に暮らしている時からスナックを経営して生計を立てていたが、最近は客足が減ってきて生活するのも大変らしく、その話を聞いて優貴の方から援助を申し出た。以来五年間、毎月二十万円を仕送りしている。だが、それでも足りない時があるようで、連絡があるたびに追加で振り込んだり、こうして手渡したりしていた。

そのため、優貴の生活も徐々に余裕がなくなっていき、節約のために安アパートに引っ越し、趣味だった旅行にももう何年も行っていない。

金銭的に余裕がなく、贅沢《ぜいたく》なんてとても出来ない暮らしをしているが、それでもよかった。

親を助けるのは当たり前。こうして母に頼られるのが嬉しかった。

優貴は母が出て行った喫茶店の木製のドアを見つめる。幼い頃、母と暮らしていたアパートの古びたドアとだぶって見えた。

あの時、幼い自分は母を助けてあげることが出来ず、ドアの前で帰りを待っていることしか出来なかった。だが、今は違う。大人になって働いて金を得て、母の生活を助けることが出来ている。母も優貴が一人前の社会人に成長したことを喜んでくれている。

あの頃に自分に向けられることのなかった母の笑顔。それを今、得ることが出来るのだ。

父親は自分と目も合わせてくれず、義母や異母弟には疎まれ、婚約間近だった恋人さえも失った。

でも、今は一人じゃない。

自分には母がいる。

母に必要とされ、愛されているのだ。

だから、彼女を助けるためにも出世コースから外れるわけにいかなかった。より多くの金を稼《かせ》ぎ、母を援助したかった。

――それなのに……。

刀根のせいで、安定した未来に影がさすかもしれない。会社で志穂と別れたことが噂になれば……。

――いや、大丈夫。

たとえそうだとしても、自分には母がいる。

優貴は自らに言い聞かせるように、何度も何度も胸の中で繰り返した。

「はぁ……」

優貴は通帳に記された残高を見て、無意識にため息を零す。

昼休みに会社を抜け出て銀行に来たが、目的を成し遂《と》げることが出来そうになく落ち込んでいた。

最近、三日おきに明美から連絡が入り、金を振り込むよう頼まれている。

明美にとって頼れるのは息子である自分だけなのだから、と思い、せっせと送金していたが、元々あまり多くなかった貯金はあっという間に底をついてしまった。

優貴は銀行から出ると人通りの少ない路地裏に移動し、明美に電話をかける。

『もしもし』

「あ、母さん？　優貴だけど」

『もうお金を振り込んでくれたの？　いつもありがとうね』

嬉しそうな母の声に、本当のことを言い出しづらくなり口ごもってしまう。けれど嘘をついてもすぐにばれてしまうため、思い切って伝えた。

「そのことなんだけど……、ごめん、母さんに頼まれた金額より、少ない額しか送金出来なかったんだ」

『あら、どうして？』

「実は、ちょっと、貯金がもう……」

優貴のその言葉を聞いた途端に、明美の声のトーンが一転した。

『お金がなくなったの？　どうして？』

「え、あ……、それは……」

『あんた、いい会社に勤めてるでしょ。どうしてこれくらいのお金が用意出来ないの？　まさか、お母さんを見捨てる気じゃないだろうね』

「違うよ！　ちょっと今は給料日前で、厳しいだけで……。給料が入ったら、すぐに振り込むから」

優貴が必死に言い募ると明美も機嫌を直してくれたようで、いつもの優しい声に戻った。

『そうよね、優貴は優しい子だものね。お母さんのために頑張ってくれるわよね』

「うん、もちろんだよ」

『じゃあ、待ってるから。お願いね』

そう言って早々に電話を切られた。

優貴は明美の怒りが収まったことにホッと胸をなで下ろす。しかし、すぐにどうやって金を作るか、頭を悩ませ始めた。

絶対に明美に金を渡さなくてはいけない。

以前、一度だけ要求された金額が大きくて、どうしても金を用意出来なかったことがあった。その時の明美の怒りはすさまじく、散々詰られた後に「やっぱりあんたはいらない子だわ」と吐き捨てるように言われた。その時は必死に謝って許してもらったが、自分に向けられた明美の冷たい目を思い出すと今でも身体が凍りつく。

きっと二度目は許してくれない。

このままでは本当に捨てられてしまう。

明美の信頼を失わないために、金の都合をつけなくては……。

まず手始めに生命保険を解約し、売れそうな物は全て売り払い金を作ろう。

当面はなんとかそれで凌《しの》げそうだが、きっとまたすぐに金に困窮《こんきゅう》するようになってしまうだろうことは、容易に想像がついた。

優貴は悩んだ。

明美に渡す金を、父に借りることは出来ない。かといって、金を貸してくれるような友人も知り合いもいない。

こういう事態に陥って初めて、これまで自分がどれだけ希薄な人間関係しか築いてこなかったか思い知った。

営業職という仕事柄もあるが、人当たりがよく社交的なため、知人は多い方だと思う。しかし、よくよく思い返せば、友人らしい友人はいなかった。

それは、優貴自身が人を信用しなかったからだ。そんな人間を、誰も信用してくれない。

それに気づいた時、心底ぞっとした。

自分がこんなに孤独なのは、他の誰でもない、自分自身のせいだったのではないか……。

——考えたら駄目だ。

優貴は自身に向けてそう念じた。

これまでずっと努力してきた。それが間違いだったとは思いたくない。

そんなことを考えたら、本当に終わってしまう。

優貴は足早に会社へと戻る。

早く戻って仕事をしたい。仕事をしていれば、他のことを考えずにすむ。

運のいいことに、営業という仕事は優貴に向いていたようだ。

仕事の功績は、売り上げという目に見える形で表れる。誰が一番か、数字を見れば一目瞭然《いちもくりょうぜん》。売り上げを上げれば、周りから認められ、上司にも可愛がってもらえる。売り上げが上がれば上がるほど、皆が誉めてくれる。

プライベートでは悩みはつきないが、仕事はいたって順調にいっている。

ここがようやく見つけた自分の居場所だと感じられ、最近はことさら仕事に打ち込むようになっていた。

優貴は上手くいかない現実から目を背けるため、昼休憩を早々に切り上げ、帰社してすぐデスクに着く。幸い、仕事は山ほど抱えている。

先日、春の新商品が続々と発表になり、優貴の所属する営業部も慌ただしくなってきた。

新商品の売り上げを伸ばすため、実際に接客を行う販売員向けにわかりやすくセールスポイントをまとめ、デザイナーと相談しつつ売り場の変更案もいくつかパターンを考え資料を作成する。各店舗ごとに立地などの関係から客層が違ってくるので、それをふまえた上で商品を並べなくてはならず、優貴は残業をした上にさらに家にも仕事を持ち帰る日々を送っている。

年度末を来月に控えていることもあり、会社全体がどこか忙《せわ》しなく、緊張感が漂っていた。

そんな中、部下に自分の仕事を振って一人余裕のある課長が、休憩から戻るなり声をかけてきた。

「及川くん、ちょっと」

「はい」

優貴は課長に呼ばれ、上司のデスクに向かう。

これまで上司に刃向かうことなく命令に従順で、面倒な仕事を引き受けてくれる優貴に、この課長は目をかけてくれていた。

課長はデスク前に立つ優貴を一瞥《いちべつ》し、難しそうな顔で黙り込む。その様子に嫌な予感がして自然と優貴の表情も堅くなった。

何か問題でもあったのだろうか。

今優貴が抱えている仕事で大きな案件はなく、担当している売り場の売り上げもこれまで通りをキープしている。直々《じきじき》に呼び出される理由はないように思えた。

課長はイスの背もたれに身を預けると、深く嘆息《たんそく》した後、「私に報告することがあるんじゃないか？」

と聞いてきた。心当たりがなく首を傾げると、課長は低い声で本題を切り出した。

「……専務のお嬢さんと別れたというのは本当か？」

志穂と別れて一ヶ月以上経っている。これまで一度もその話題を振られたことがなかったので、優貴が懸念していたような仕事への影響はなかったのだと思っていた。

しかし、それは思い違いだったようだ。ただ単に課長の耳に入っていなかっただけらしい。

「……はい。志穂さんとは、先月別れています」

誤魔化すことも出来ず、優貴は事実を伝えた。課長は優貴の言葉を聞きうなだれる。

「どうしてそんなことに？　あちらも乗り気だったじゃないか」

「僕にはもったいないくらいの女性でした。ですが、残念ながら結婚まで至ることが出来ず……」

「困るよ、本当に。私の顔を潰すつもりか？」

見合いをセッティングしたのはこの上司で、目をかけている部下の優貴が志穂と結婚すれば、それ相応の立場につくことが出来ると考えていたようだ。だからこそ、志穂との縁談が駄目になった時が怖かった。

そして今、恐れていた事態が起ころうとしている。

優貴の顔は次第に強ばっていく。

「なんとかならないのか？」

「……すみません」

いくら目をかけてくれていても、所詮、この上司も優貴のことより自分の身が可愛いのだ。優貴以上に自己保身に気を配る課長は、失望した顔で見上げてきた。

「わかった。この話はもういい」

「あの、課長……」

「いいから。……実は、もう一つ大事な話があるんだ」

ネチネチと嫌味を言われなかったのはよかったが、課長は苦虫を嚙み潰したかのような渋面で驚くべきことを告げてきた。

「公式の発表は来月になるが……刀根くんが営業部に戻ってくることになった」

それは思いもよらない報告だった。

――刀根が、戻ってくる？

にわかには信じられず、課長に再度確認してしまった。

「刀根がここに、ですか？」

「そうだ。彼は異動後に色々してたらしい。たとえば、クレームを受けた後で、今後同じことが起こらないように、実際に店舗に出向いて問題点を確認し改善策を担当営業に提案したりな。その結果、彼が出向いた店舗の売り上げが軒並《のきな》み上がったとかで、営業部長から戻ってくるように声がかかったようだ」

刀根が閑職と言われるクレーム処理係にいながら、それほどの功績を上げていたことを初めて知った。部長直々に声をかけたということは、それだけずば抜けて売り上げを伸ばしたということだろう。

「刀根が戻ってくる……、そう、ですか」

営業部に再び刀根が戻る日がくるだなんて一度として考えたことはなかった。それほど、異例な事態だった。

課長は驚きで固まった優貴を見上げ、もっと衝撃的なことを告げてきた。

「あともう一つ。これも部長から提案されたんだが、刀根くんを中心としたチームを作りたいそうだ。今は営業スタッフが各々《おのおの》担当の売り場に関することを全て請《う》け負っているが、試験的にフォロー役を置くことにしたらしい。その責任者に刀根くんが指名されている」

確かにその取り組み自体はいいと思う。一人ではどうしても同じようなアプローチの仕方になってしまうため、特に売り上げが伸び悩んでいる店舗に別の人間が携《たずさ》わることで、突破口が開けるかもしれない。

だが、そこで一つの疑問が浮上した。

どうして課長は自分にその話をしたのだろう。

刀根がこの部署にいた時から、自分たちはそんなに親しい仲ではなかったのに。

訝しく思ったが、その疑問はすぐに解けた。

「だが、さすがに刀根くん一人に全てを丸投げするわけにはいかないんだ。そこで、刀根くんの業務の補佐を君に頼もうと思う」

「……と言いますと？」

「一旦、君が受け持っている売り場は別の人間に割り振る。及川くんは、刀根くんと共に他のスタッフが担当している店舗に出向き、市場調査をしてほしい」

「そんな……。僕が受け持っているのは、どこも大口の店舗ばかりです。特に和泉百貨店は、長い準備期間からずっと携わってきた売り場で……」

「君の気持ちはわかる。だが、これは上司命令だ。四月から刀根くんと組んで仕事してくれ」

課長は一方的に話を切り上げ、別の部下に声をかけた。おそらく、今現在優貴が担当している売り場の後任についての内示だろう。

優貴が衝撃でその場から動けずにいると、課長に鬱陶《うっとう》しそうな顔で「早く席に戻れ」と追い払われてしまった。

——ああ、そうか。

目障りな二人の部下をまとめて切るために、優貴と刀根を組ませたのだ。

この試みが成功すれば部長に胸を張って報告出来るし、失敗したら二人揃って営業部から追い出せる。どちらに転んでも課長にはメリットがあった。

優貴はこれまで、そんな上司の性格をわかった上で利用してきた。しかし、こうして実際に手の平を返すかのような扱いをされると、やはり気が滅入ってしまう。たった一度、それも業務とはあまり関係のない縁談が原因で、あっさり切られたことに少なからずショックを受けた。

課長はまだデスクの前に優貴が立っているというのに、まるで見えていないかのように呼びつけた部下と話し始めてしまう。

その様子は、かつてこの部署にいた刀根が受けていた扱いと同じだった。

優貴の背筋に冷や汗が流れる。

ふらふらと自分の席に戻ったが、到底仕事をする気にはなれない。

——刀根は知っているのだろうか。

営業部に戻されてから、自分と組まされることを。

優貴は今後のことを考えて憂鬱になった。

まさかまた共に働くことになるとは思ってもいなかった。

優貴は人目もはばからず、頭を抱える。

営業部には残っていたい。刀根は上手いこと戻ってこられたが、それは異例中の異例で、もし自分が閑職に飛ばされたら、おそらくもう二度と出世コースに戻ることは出来ないだろう。だからこそ、なんとしても営業部に居続けなければならない。

課長の怒りを解くには、志穂と復縁することが出来れば一番いいが、それは難しい。

それなら今出来ることは、仕事で以前より成績を伸ばすことだろう。

けれど、そのためには今後、刀根と協力し、時にはアドバイスを仰がなくてはならない。

考えただけで、嫌でたまらなくなる。

優貴はその後、動揺して考えがまとまらない頭で、なんとか業務をこなした。


それから数日後のこと。

朝、自宅の最寄り駅に着いてホームに立っていると、向かいのホームに一人の女性の姿を見つけた。

こんな場所にいるはずがないと目を瞬かせたが、何度目を擦っても、そこにいたのは優貴の母である明美だった。

彼女は隣に立つ若い男の腕に自分の腕を絡ませ、しなだれかかっている。明美は優貴に気がついていないようで、やってきた電車に乗り込むまで、終始男にくっついていた。

ホームから二人の姿が消え自分が乗るはずの電車がやってきても、優貴はその場から動けなかった。

一緒にいた男は誰なのだろう。

派手な身なりや髪型は、とても会社勤めをしている人間には見えなかった。そんな男に、明美は周りが眉をひそめるほど身体をすり寄せていた。

そのことから、おそらく恋人なのだろうと推測したが、どうしても受け入れられない。

明美は自分の母親だ。母親が父親以外の男とベタベタしているところなど見たくない。

法律上は、明美は独身なのだし、恋愛することになんの制限もないとわかっている。

だが、どうしても駄目だった。

そんな男にうつつを抜かす時間があるのなら、もっと息子である自分を見てほしい。

コーヒー一杯だけでなく、食事も一緒に摂って自分の話を聞いてほしい。

作り笑いや愛想笑いではなく、あの男に向けるような心からの笑顔がほしかった。

優貴は明美に電話をかける。

何を言いたいのか、頭の中がぐちゃぐちゃでまとまらなかったが、一言でいいから母の声が聞きたかった。

だが、聞こえてくるのはコール音だけ。

明美が電話に出ることはなかった。


その日は一日中仕事に身が入らず、こんな状態ではかえって効率が悪いと、定時を迎えてすぐに帰り支度を始めた。

今日は仕事を持ち帰らず、早々に寝てしまおうと思いながらエントランスを歩いていると、会社を出てすぐのところに刀根が立っているのを見つけた。

刀根も優貴に気がついたようで、じっとこちらに視線を送ってくる。

その様子から自分を待っていたのだと悟ったが、優貴は刀根と話すことはおろか顔を合わせたくもない気分だったため、無視して行き過ぎようとした。

「お疲れさまです、及川主任」

「……………」

予想通り刀根が声をかけてきたが、優貴は足を止めずに歩き続ける。刀根は諦めることなく後を追いかけてきた。

「待ってください、話があります」

「僕にはない」

「俺は話したいんです。……今ここで話してしまってもいいですが、困るのはあなただと思いますよ」

「……卑怯な男だな」

優貴が足を止めると、刀根は駅を抜けたところにある、会社の人間はあまり使わない居酒屋へと誘ってきた。

脳裏にホテルでの一連の出来事が蘇《よみがえ》る。あの時は本気で周りに言いふらされてもいいから、刀根との関係を断ちたかった。しかし、今も同じ気持ちかと問われれば返答に困る。冷静になって考えると、今、仕事を失うわけにはいかないからだ。母のために、金がいる。

そのためには、やはりこの男の口を封じなければ……。

優貴が仕方なしに刀根の後について店に入り、案内された席に腰を落ち着けると、彼は先ほどの脅迫じみた言葉など忘れたかのような顔で「ビールでいいですか？」と聞いてきた。

優貴はそれに答えず、ここへ来た目的を口にする。

「せっかく店に入ったんだから、食事でもしながら話そうかと思ったんですけど」

刀根が苦笑しながら店員を呼び出し、ビールとウーロン茶、それにつまみになりそうな一品料理を三つ注文した。

「話があるんだろ」

「僕は長居するつもりはない。話が終わったらすぐに帰らせてもらう」

「相変わらず、あなたは俺のために時間を使ってはくれないんですね」

どうしたのだろう、今日はなんだかいつもと様子が違う。言い回しに棘《とげ》がある気がした。こんな含みを持たせた話し方をする男ではないのに、いったい何が言いたいのだろう。

優貴が刀根に問いかけようとしたちょうどその時、店員が飲み物を運んできた。優貴の前にビール、刀根の前にはウーロン茶が置かれる。一旦会話を中断し、店員が去ってから再び口火を開いた。

「なんの話か、だいたい予想はついてる。……営業部に戻ってくるそうだな」

「もうご存じなんですか」

「課長から聞いた。お前が戻ってきたら組むようにとも言われている」

「じきに辞令が出るそうですが、四月一日付けで、営業部に異動になります。またよろしくお願いします」

律儀《りちぎ》に頭を下げられても、優貴は刀根が営業部に戻ることを歓迎出来ない。

同じ部署で働くのも抵抗があるというのに、彼が戻ってきたあかつきには、共に組んで仕事をしなくてはいけない。刀根との間には色々とありすぎて、仕事だと割り切ることが出来そうになかった。

――刀根はどう思っているのだろう。

異動になった後も、自ら進んで営業部の仕事に関わっていたのだから、戻りたいとは思っていただろう。元々望んで異動になったわけではないのだから、未練があって当然だ。

おそらく、一度閑職に回されてからの第一線への復帰は容易ではなかったはずで、上の人間を動かすほどの功績を上げるのに、並々ならぬ努力をしたと思う。その結果、営業部に戻ることが出来たわけだが、まさか異動の原因を作った優貴と組まされるとは刀根も予想していなかったはずだ。

お互いに不運としか言いようがない。

「それで、なんだ？　口止めでもしに来たのか？」

「口止め？」

「僕にしたことをだ。脅して、強引に関係を持ったこと」

刀根の目的はそれしか考えられなかった。

せっかく部長に仕事ぶりを認められたのだから、足下をすくわれるような不安の種は芽吹く前に刈り取ってしまいたいだろう。せっかくのチャンスを潰すわけにはいかない。

優貴はそう思っていたのだが、刀根は意表を突かれたような顔をし、そして口元を歪めて笑った。

「それはお互いさまでしょう？　俺もあなたも、後ろ暗いところがある」

「それは……まあ、そうだけど」

「今日は仕事の話をするために呼び止めたわけじゃありません」

「なら、何をしに来たんだ」

優貴が訝しげな顔で問いかけると、刀根の眉間に皺が寄る。

「全く連絡が取れなくて、心配になったので」

刀根とは志穂に別れを告げたあの日以来、会っていなかった。

週末が近づくと相変わらず連絡がきていたが全て無視し、社内でも顔を合わせないよう日中は営業先を回り、終業時間を過ぎてから帰社して事務処理をするようにしていた。

おかげで上手いこと顔を合わせることなく今日までできていたのに、まさかこんな強引な手段に出るとは想定しておらず、油断していた。

優貴は苦々しい思いで刀根を見やる。

——心配したふりをして、今度は何をするつもりだ。

一ヶ月以上経っても、この男にされたことを忘れることは出来なかった。

そして今、久しぶりに顔を見たことで言い表せないほどの怒りがふつふつとわき上がり、優貴は気持ちを鎮《しず》めるため、ビールを一気に半分ほど飲みほした。その様子を、刀根がじっと見つめてくる。

「なんだ」

自分に向けられている視線を煩《わずら》わしく思い冷たく問うと、刀根の瞳がわずかに揺れる。

「少し会わない間に、ずいぶん痩《や》せてしまって、顔色も悪くなって……。大丈夫ですか？」

明美からは頻繁にメールがきていた。用件は、もう少し金を融通してもらえないかというもので、優貴はそのたびに明美の口座に言われた金額を振り込んでいる。

前は明美からメールがくるのが待ち遠しかった。頼りにされているのが嬉しく、母を守ってやれるのは自分だけだと誇らしくも思っていた。

けれど、今は明美からのメールが少し憂鬱になった。金銭的な余裕がなくなったため期待に応えられず、それを伝えて拒絶されるのが怖いのだ。

優貴は時間を確認しようと袖をまくり、そこに何もないことに気づいて苦笑する。

社会人になって初めてもらったボーナスをはたいて買った腕時計。きちんとメンテナンスして大切に使っていたが、それも先週、金に換えるため手放した。

給料日までまだ日があるというのに、優貴の財布には一万円も入っていない。足りない分はクレジットカードで支払って当座を凌いでいるが、結局その支払いが翌月以降に回ってくるため、いつもカツカツの生活だった。

実を言うと、最近は食事にもほとんど金をかけられなくなっている。とりあえず米だけは買っているが、肉や魚を買う余裕はない。白米と具のない味噌汁《みそしる》や、納豆、豆腐《とうふ》、もやしといった安価なもので作った質素な食事を一日一食。もちろんそれだけでは必要なエネルギーを摂取出来ず、常に身体がだるく頭が重い状態で、仕事もなかなか進まない。

その遅れを取り戻すために残業が多くなり、そのせいで寝不足と疲労が溜まるという悪循環に陥っていた。

優貴はもう、一人ではどうにもならなくなっていた。でも、頼れる人はいない。自分一人で頑張るしかなかった。

「……お前には関係ないことだ」

もう何度も告げている言葉を刀根に投げつける。彼は小さくため息を零すと、強い口調で質問してきた。

「そうですね。では、質問を変えましょう。どうして俺の電話を無視するんですか？」

「言ったはずだ。お前とはもう会いたくないと」

そんなこともわからないのだろうか。

この男は、自分にしたことを忘れているのか？　それとも、もっと苦しめるために再び現れたのだろうか。

なぜ放っておいてくれないのだ。

自分はもう、この男と関わりたくないのに。

――悔しい。

この男が執着してしつこく身体を求めてきた理由が、本当に復讐のためだとわかったから。

そんなはずはないと思いながらも、刀根が自分を求めるのは、なんらかの情があるからでは、と心の片隅で秘かに思っていたのかもしれない。

ミスを擦り付けられ左遷させられた復讐をしたいのなら、もっと簡単な方法はいくらでもある。それこそ、周りに真実を話せばいいだけだ。しかるべき機関に訴えてもいい。

それをしないで、金ではなく暴力を振るうでもなく、刀根が選んだ方法がセックスだ。

だから、まだ少し自分に気があるのではないかと思ってしまった。

——でも、全て思い上がりだった。

この男は、自分のことなんてなんとも思っていない。

優貴に気持ちがないから、あんなひどい仕打ちをした後でも平気な顔をして声をかけてこられる。こうして共に食事を摂ることも厭《いと》わない。

意識していたのは、優貴だけだったのだ。

どこまでも自分を翻弄《ほんろう》する男に、暗い感情がこみ上げてくる。

少しでも気持ちを落ち着かせようと優貴が再度ジョッキに口をつけると、刀根もウーロン茶の入ったグラスを傾けた。

ところが、刀根は一口含んで顔をしかめる。

「どうかしたのか?」

「いえ……」

刀根はすぐにグラスを置き、水を一気に飲み干した。見る見るうちに顔が真っ赤になっていく。その様子を見て眉をひそめる。

「もしかして、アルコールが入っていたのか？」

「……はい」

どうやらウーロン茶ではなく、間違えてウーロンハイがきてしまったらしい。口元を押さえて顔を伏せる刀根に、優貴は自分の水も飲むよう勧める。

「そういえば、酒が飲めなかったな。もっと水を飲むか？」

「いえ、一口しか飲んでないので、大丈夫です」

「酒は全く駄目だと言っていただろ。一口でも辛いんじゃないのか？」

「……すみません」

刀根は顔を俯けたまま謝ってきた。なぜ彼が謝るのかわからず、優貴は眉を寄せる。

「謝るのは注文を間違えた店側だ。もう出るぞ。歩けるか？」

「はい」

刀根は本当に酒に弱いらしく、歩けはするものの何度かふらついていた。

会計の時にレジ係に注文ミスがあったと注意すると、奥から出てきた店長に丁寧に謝罪されたが、店員がミスをしたせいで刀根は酔っぱらってしまい、結果的に自分が迷惑を被《こうむ》るはめになる。

刀根は駅まで歩くのも辛いようで、道端に座り込んでしまった。このままここに置いていくことは簡単だが、これから同じ部署で働かなくてはいけないのだから、今以上に関係を拗《こじ》れさせるのは得策ではない。

「タクシーを拾うから待ってろ」

そう言って踵を返したのに、刀根に腕を掴まれ引き戻された。

「優しいですね」

「……具合の悪い人間を放っておけないだけだ。お前だから優しくしているわけじゃない」

先手を打って、変な誤解をするなよ、と釘《くぎ》を刺す。

「そうですか。あの時も……俺が入社したばかりの時の歓迎会でも、庇ってくれましたよね。課長に無理矢理酒を勧められて困っていたら、皆は巻き込まれたくなくて遠巻きにして見ていたのに、あなたは俺の代わりに課長の相手をしてくれました。あなただって、それほど酒が強くないのに」

酒が入ると饒舌になるタイプなのか、刀根はよくしゃべった。

突然昔のことを持ち出され、居心地が悪くなる。

優貴も覚えていた。しかしあの時は、刀根が困っていたから助けに入ったわけではない。あの状況で助け船を出せば、自分の株が上がると思い、やっただけだ。場の空気が悪くなるのも嫌だったから、出て行っただけ。刀根を庇ったわけじゃない。

「それがきっかけで、あなたが気になり始めたんです。目が離せなくなった。単純でしょう？」

そんなことを今どうして言うのだろう。

なんと答えたらいいものかわからず、優貴は口を噤む。何も言わないでいると、掴まれた腕にギュッと力を込められた。その力の強さに、ふいに刀根とのセックスを思い出しそうになり、不覚にも動

揺してしまう。

「……覚えてないな。そんなこと」

また一つ、嘘をついた。

本当は覚えている。

だけど、それを伝えてはいけないと心のどこかで察していた。

刀根は俯けていた顔を上げると、酔いで赤らんだ顔で笑みを作った。

「でも、俺が酒に弱いことは覚えてくれていた。今日だって置いて帰ればいいのに、こうして介抱《かいほう》してくれている。冷たくするくせに、こうしてたまに優しくされるから、だから俺は……」

自分を見つめる刀根の瞳が熱を帯びているのは、酒のせいだけではない気がした。

そうしているうちに、優貴の心臓が急に早鐘を打ち始める。

「離せっ」

——この先を聞いてはいけない。

優貴は思い切り刀根の腕を振り払った。

刀根を残し、車道の端に立つ。

しばらくしてやってきたタクシーを停め、刀根を乗せた。

「主任は？」

「僕は電車で帰る」

刀根は何か言いたそうな顔をしていたが、優貴は運転手に車を出すよう促した。

これでようやく終わったとホッと安堵したのも束の間、刀根が窓を開け、自分のしていたマフラーを優貴に差し出してきた。訝しんで受け取らないでいたら、刀根は強引に優貴の腕を引いてかがませ、その首にマフラーを巻き始める。

「何だ？」

「使ってください」

「いらない」

「いいから、使ってください」

たった今まで刀根の使っていたマフラーなど身につけたくなかったが、返す間もなくタクシーは走り出してしまった。

仕方なしに、荷物になるのが嫌でマフラーを首に引っかけた格好で駅へ向かって歩き出す。

濃紺の柔らかいマフラーからは、刀根の温もりと覚えのある匂《にお》いがした。

それを意識した瞬間、顔が熱くなった。

刀根のことは忌々しく思っている。それは確かに本心のはずなのに、時々、全く異なる感情がこみ上げてきて、優貴を平静でいられなくする。

だがそれは相手が刀根だからではなく、自分が人から向けられる優しさに慣れていないからだろう。

優貴はそう結論付け、スマホを取り出し時間を確認する。時刻は九時近くになっていた。

今日は家でゆっくりするつもりだったのに、刀根のせいで予定が大幅に狂ってしまった。

――苛々する。

やはり刀根といるとろくなことがない。

だから極力関わらないようにと思っているのに、どうして彼の方から近づいてくるのだろうか。まだ復讐は終わっていないとでも言うのか？

いずれにしろ、もう騙されない。

刀根が何かもくろんでいたとしても、もう傷つかない。

気まぐれに優しくされても、何を言われても信じない、動じない。

そのつもりなのに、自宅に着いてから、なぜか胸の動悸《どうき》が治まらず、眠ろうとしても目が冴《さ》えてしまい、少しも身体が休まらなかった。


翌週末。

珍しく明美から連絡がこなくて不安になっていたところに、刀根からメールがきた。

メールの内容は、この間酔って迷惑をかけたことへの謝罪で、さらにはお詫《わ》びに食事をご馳走《ちそう》させてほしいとも書いてあった。

前回のことは刀根に落ち度があったわけではないため、優貴は気にしていなかった。

ただ、刀根にはマフラーを借りたままだったので早く返さなくては、と思っていたし、食事くらいなら行ってもいいか……、と一瞬考えたが、すぐに思い直す。自分はホテルでの刀根の行いに対し、まだ怒っている。この誘いにあっさりのって、これまでのことを許したと思われるのも癪だ。

優貴があえて返事をしないでいると、刀根から何度もメールが入ってきた。

刀根は空気を察するということをしない男だったことを思い出し、断りのメールをした。すると今度は直接電話がかかってきた。

断っても引かない男に、はっきり「行かない」と告げてやろうと通話ボタンを押す。

「だから、行かないと……」

しかし、聞こえてきたのは低い男の声ではなく、女性の声だった。

『もしもし、優貴？』

「え、母さんっ？」

てっきり刀根だと思い込み、ディスプレイを確認せずに出ていたため、相手が明美だとわからずに強い口調で話し出してしまった。

『いやだわ、誰かと間違ったの？』

「そ、そうなんだ。ごめん、母さん」

『いいのよ。……あのね、この間は電話に出られなくてごめんなさいね。お母さん、ちょっと具合が悪くて寝てたものだから』

そう言われて、駅で見た光景を思い出した。けれど優貴はそれについて聞くことはせず、声のトーンも変えずに話す。

「……そうだったんだ。うん、大丈夫、気にしてないから」

優貴の言葉を聞き、明美の声音が明るいものに変わる。

『よかったわ。あなたに嫌われちゃったかと思って心配してたの』

「母さんを嫌うわけないよ」

『優貴が優しい子に育ってくれて、お母さん嬉しいわ』

――見間違いだったのかもしれない。

遠目だったし、似た女性を明美と見間違ったのだ。そうに違いない。

だって今、電話から聞こえてくる明美の声は、後ろ暗いところを全く感じさせない、とても優しく慈愛に満ちたものだから。

『それでね、悪いんだけど、また少し都合つけてくれるかしら？　今度はちょっとまとまった金額が必要になっちゃって……。優貴にも悪いし、これで最後にするから』

「うん、大丈夫だよ。それにこれで最後だなんて言わないで。僕がしたいからしてるだけなんだから」

『優貴は本当にいい子ね。でも、本当にこれで最後だから、お願いね』

明美はそう言うと、具体的な金額を口にする。

予想を遥《はる》かに上回る大金で、優貴は無意識に金額をなぞっていた。

「五百万……」

すると明美は、畳みかけるように涙声で事情を話し出す。

『お店がね、潰れそうなの。お店はお母さんの命と同じくらい大切なものだから、絶対に失いたくない。そのために、優貴にも協力してほしいのよ』

「うん……わかるよ。でも、そんな大金をすぐには用意出来ない」

『そうよね、大変よね。今週中じゃなくていいわ。来週に渡してもらえれば』

一週間猶予《ゆうよ》をもらっても、難しい。頭の中でどうやって金を用意しようか考え始める。

だが、どんなに考えても、通帳に数百円しか残っていない優貴には、とても用意出来る金額ではなかった。

「ごめん、母さん。毎月の仕送り額を増やすから、それでなんとか……」

優貴がおずおずと伝えると、明美の声の調子が一変する。

『お母さんがこんなに頼んでるのに、用意出来ないって言うの？』

「なんとかしてあげたいと思うけど、でも……」

『ならなんとかしなさいよ！　あんた、いいところに勤めてるんだから、お金くらいどこででも借りられるでしょう？』

「借りるにしても、審査に時間がかかると思うから……」

『銀行じゃなくて、すぐ貸してくれるところに行けばいいじゃない。いいわね、必ず来週までに全額用意してよ。じゃないと親子の縁を切るからね』

優貴が何か言う前に、一方的に電話は切れた。通話終了を伝える無機質な電子音を聞きながら、明美の言葉を反芻し蒼白になる。

縁を切られたら、明美と親子でなくなってしまう。そうしたら、自分は本当にひとりぼっちだ。

それを回避するためには、なんとしてでも金を用意しないと……。

ちょうどその時、手の中のスマホが鳴り出した。

画面には今度こそ刀根の番号が表示されている。

そのまま切ろうとして、ふと思い直す。

優貴は通話ボタンに触れると、刀根が言葉を発するより先に告げていた。

「わかった、食事に行こう」

ようやく優貴から承諾の返事をもらった刀根は、滑稽《こっけい》なほど嬉しそうな声を出した。

「また行きたいと話していたでしょう?」

刀根に連れて行かれたのは、以前、接待で一度だけ使ったホテルに入っているフレンチレストランだった。

いつもはこんな高級な店を仕事で使うことはないのだが、絶対にものにしたい契約を控えている時は、経費で落ちないのを承知で自腹で最上級の店で相手をもてなすことにしている。

ここもその一つで、値段もさることながら料理の味もサービスも一流で、何度も雑誌などで紹介されるほどの人気店だ。

人気だからという理由だけでこの店を選んだ優貴だったが、実際に訪れてみると次はプライベートでも利用したいと思えるほどのレストランで、職場でも同僚たちの前でそういう話をした記憶がある。

ただし、その輪の中に刀根の姿はなかったはずだ。

「僕はお前にこの店の話をしたことがあったか？」

優貴が疑問をぶつけると、刀根は気まずそうに視線を泳がせる。

「すみません、盗み聞きしました」

誤魔化すことなどいくらでも出来るだろうに、この男は馬鹿正直に真実を口にする。

なぜ自分をよく見せようと思わないのだろうか。そのために、小さな嘘をつくことに優貴はこれまで罪悪感を感じたことはなかったのに、刀根があまりにも正直で嘘一つつけない男だから、共にいると自分がいかに薄汚れた人間かを思い知らされる。

優貴が黙り込んだので、盗み聞きしたことに対して怒っていると思われたのか、刀根が早口でまくし立てた。

「俺は口下手で、お世辞《せじ》一つ言えない要領の悪い人間です。俺の仕事の取り方は、いつも最後は相手が俺のしつこさに根負けして契約する形なんです。でもあなたは違う。相手の気分をよくして、円満に契約までたどり着く。俺もそんな風に仕事がしたいと思って、だから……」

一気に話した後、刀根はハッとした顔をした。

「だからといって、盗み聞きをしていい理由にはなりませんよね。すみません」

律儀に頭を下げる刀根を見て、優貴は納得した。

営業部にいた時、刀根の営業成績は平均的で可もなく不可もないといったところだった。しかし、売り上げが伸び悩んでいた店舗を黒字に転じさせたり、立地的に集客に難航しそうな店舗でも一定の売り上げを出させていた。地道にコツコツと実績を重ねていくタイプなのだろう。すぐに成果は現れないが、誠実な対応を評価され着実に成績を上げるタイプだ。確かに優貴とはタイプの違う営業マンだが、刀根のやり方が間違っているわけではない。

おそらく、相手先でも今の優貴にしたような心からの誠意を見せたのだろう。その結果、相手から信頼され誰もがお手上げだった店舗を盛り返すことにも成功したのだ。

それは優貴には出来ない仕事だった。

「今日は仕事の話はやめよう」

そう言って話を終わらせ、優貴は運ばれてきた料理を口に運ぶ。刀根もそれを見て同じく前菜《ぜんさい》を食べ始める。

しばらく二人で会話もなく食事を続けた。

次々に運ばれてくる料理は見た目にも鮮やかで、味も申し分ないのだろうが、優貴には純粋に料理を楽しむ余裕はなかった。

刀根の誘いに乗った理由はただ一つ。

けれどなかなか言い出せず、静かな食事の時間が流れていく。ついに食後のコーヒーまで飲みほし、刀根がウェイターに合図を送り会計をすませてしまった。

「出ましょう」

いつまでもここに居座るわけにはいかない。優貴はとりあえず場所を変えてから話をすることにした。そして意を決して、レストランを出てエレベーターに向かう刀根を呼び止める。

「……刀根、話したいことがある」

「話、ですか」

「あまり人に聞かれたくない話なんだ。どこか落ちつける場所に移動したい」

刀根はあっさり了承し、やってきたエレベーターに乗り込んだ。

てっきり一階に行くのだと思っていたのに、刀根は十五階のボタンを押す。目的の階に到着すると、迷いなく廊下を進んでいった。

「おい、どこに行くんだ？」

優貴の質問には答えずに歩き続けた刀根は、客室であろうドアの鍵を開け中に入るよう促してくる。

訝しく思いながらも足を踏み入れると、室内はベッドが二つあるツインルームだった。ただ、いつも使っていたビジネスホテルとはランクが違うため、広々とした部屋にはソファセットやデスクが置かれ、内装もシックな色でまとめられており、全体的に洗練された雰囲気を醸し出している。特に大きく取られた窓からは都会の夜景が見渡せ、女性が喜びそうな部屋だった。

レストランで待ち合わせをしていたため知らなかったが、どうやらあらかじめこの部屋を取っていたらしい。

「どうぞ、座ってください」

窓際の大きなソファを勧められ、立って話すのもどうかと思い、素直に従う。刀根も向かい側に腰を下ろした。

「それで、話とは？」

「ああ……」

優貴はこの期に及んでまだ迷っていた。けれど、こんなことを頼めるのはもうこの男しかいない。どうせもう、刀根には散々醜態を見られているのだから、今さらそれが一つ増えたところでどうってことないだろう。

優貴はそう心中で自らを言いくるめ、重い口を開いた。

「僕を買わないか？」

「……は？」

「志穂と別れたショックで、ちょっと遊びすぎて金欠なんだ。一回一万でどうだ？」

優貴の言葉の意味を理解したようで、刀根の瞳が驚きに見開かれる。

優貴は無理矢理口角を持ち上げ、薄ら笑いを浮かべながら、さらに続けた。

「追加で五千円出すなら、口でもしてやる。今までしたことなかったけど、興味はあるだろ？」

また刀根に抱かれるなんて嫌だったが、他に金を作る方法が思いつかないし、何度もこの男とは寝ているのだから今さらだ。それにこれまで自分を苦しめてきたのだから、ちょっとくらい利用させてもらってもいいだろう。優貴はどうしても感じてしまう罪悪感を、そうやって押しこめようとした。

誘いかけるように下唇を舐める。セックスなんてたいしたことないと思っている軽い男に見えるように、意識しながら。

しばしの沈黙の後、硬直していた刀根がようやく動いた。

「嘘ですね」

「嘘？　嘘なんてついてない。金を払えば、寝てやると……」

「いいえ、そうじゃない。あなたは仕事第一で、金に困るほど遊ぶタイプじゃないでしょう？」

曇りのない瞳を向けられると、心の奥を読まれそうな錯覚に陥った。そんなこと出来るわけないのに、強い眼差しを直視し続けることが出来ずに、そっと目を逸らしてしまう。

するとさらに刀根が言い募ってきた。

「それに、あなたは金のために身体を差し出すなんてことが出来るような人じゃない」

「ははっ、忘れたのか？　僕はもう何度も、口止めのために好きでもないお前と寝たんだ。この身体が金になるなら、躊躇いなく使うさ」

それは刀根が一番よく知っているはずだ。口止めをしていた相手が、刀根なのだから。優貴の身体を交換条件に求めてきたのも、他の誰でもない刀根だ。

あの時は求めてきたくせに、どうして今はすぐに手を出そうとしないのだろう。

事前にホテルの部屋を取っておきながら、その気がなかったなんて言わせない。刀根は自分に未練があったのだ。だから無視しても何度も連絡してきて、今日だってこのホテルに誘ってきた。

どうせこの間の礼がしたいと言っていたのも会うための口実で、下心があって呼び出したくせに、それを言い当てられたからって誤魔化さなくていい。金を払えば寝てやると言っているのだから、刀根はただ頷けばいいのだ。

そうすれば、以前のように……いや、金をもらうのだから、もっとサービスしてやる。刀根が望むのなら、まるで恋人にするように甘い態度で相手をしてやってもいい。

だから素直になれと促してやっているのに、刀根は頑なに優貴の誘いを拒み、お綺麗な言葉を並べ立てる。

「どうしてそんな嘘をつくんですか？」

「だから、嘘じゃないって言ってるだろ！　お前とはもう何度もやってるんだし。……ああ、なんだ、金払ってまでやりたくないってことか？　なら、他を当たるからいい」

それは売り言葉に買い言葉でつい言ってしまっただけだった。刀根以外の人間にこんなとんでもないことを言うつもりはさらさらない。

しかし、冗談すら通じない男は聞き流せなかったらしく、優貴がそう言い終わるや否やソファから立ち上がり、大股でこちらに近づき腕を摑んできた。

「痛っ」

至近距離で刀根と視線が交わる。見慣れた漆黒の瞳の奥に、怒りの炎が揺らめいて見えた。

「あなたはどうして俺を怒らせるようなことばかりするんですか」

喉の奥から絞り出したような声。

苦しそうな顔を見て、ようやく悟った。

――怒ってるんじゃない。傷ついてるんだ。

だが、どうして傷ついているのかわからなかった。

「俺は、あなたのことが……」

ちょうどその時、刀根の言葉の続きを遮るように優貴のスマホが鳴り出した。

いつの間にかコートのポケットから落ちていたようで、足下の床に落ちている。優貴が反射的にそれを見ると、ディスプレイに『アケミ』と出ていた。

――母さんからだ。

もし実家にいる時に電話がきて表示を見られても別人だと言い訳出来るようにと、あえて『母』ではなく名前で登録していた。

「誰ですか」

刀根からも画面が見えたらしい。一際低い声音で尋ねられた。

「誰だっていいだろ。プライベートなことだ」

その通りのはずなのに、刀根はしつこくアケミが誰なのか聞いてくる。

「質問に答えてください」

「答える義務はないと思うが」

「俺の質問に全て答えてくれたら、あなたが必要なだけ金を渡します。もちろん返却も不要です」

なぜそこまでこだわるのだろう。

自分の隠し方も過剰だが、刀根の気にし方も執拗すぎている。

「何度も言ってるが、答えたくない。答えないと金を用立ててもらえないと言うなら、それでもいい」

「……言えないような相手なんですか」

その問いにドキリとしたが、顔には出さず無言を貫く。それを咎めるかのように、摑まれた腕にさらに力を込められる。

——どうして僕がこんな目にあわないといけないんだ。

かかってきた電話の相手を詮索されて、言うまで解放してくれそうにない。どうして刀根の言うことを聞かなくてはいけないのだろう。

——もう、この男の思い通りになるのは嫌だ。

「新しい女だ」

「女……」

「ああ。新しい恋人だ」

優貴は嘘をついた。でも、これが嘘かどうか、刀根にはわからない。

案の定信じたのか、刀根はむっつりと口を引き結び、不機嫌そうな表情になる。

優貴はさらに嘘を重ねる。

「お前の言った通り、遊びすぎて金欠になったわけじゃない。アケミとのデートに金が必要なんだ。いいホテルに連れて行ってやりたいしな」

「恋人とのデート代のために、俺と寝るんですか？」

「…………」

「答えてください。本当に、そうなんですか？」

「…………ああ、そうだ」

刀根はやっと納得したのか、腕の拘束を解き、脱力したように床に膝をついた。優貴も強ばっていた身体から力を抜く。

しばしの沈黙の後、刀根から脈絡のない質問をされた。

「今日がなんの日か知ってましたか？」

「いや」

「そうですよね。当たり前です」

刀根が乾いた声を上げて笑い出した。何がおかしいのだろう、と思っていると、自嘲的な笑みを唇に乗せたまま、刀根が話し出した。

「ずっと避けられていたのに、今日は誘いに乗ってくれた。それに意味を求めてしまったんです。コネを使ってホテルのレストランを予約して、こんな部屋まで取って……。本当に、俺はどうしようもない」

刀根は笑っていた。けれど、それはとても痛々しい笑みで、見ている優貴まで胸を鷲掴《わしづか》みされたような感覚に襲われる。

「今日、何かあったのか？」

「誕生日だったんですよ、俺の」

優貴は息をのむ。刀根の悲しい笑みを見て、急に罪悪感がわいてきた。

彼にとって今日は特別な日だった。そんな日に優貴が誘いに乗ったから、上機嫌だったのだ。

――だけど、なぜ僕を誘ったのだろう。

わざわざ優貴の行きたがっていたレストランを予約して、ホテルの部屋まで取って……。

これではまるで、誕生日を自分と過ごしたかったみたいじゃないか。

恋人でもないのに。

恋人同士のようなプランを立てていた。

それは、なぜなのか。

刀根の気持ちなど、わからない。

好きと言われたのは、たった一度だけ。

あれから色んなことがあった。

自分が刀根にしたことは許されないことだと思う。それに、優貴も刀根がしたことを許すつもりはない。だから互いによく思っていないはずだ。

だが、彼にとって今日は特別な日だった。

それなのに、自分がこの男にしたことは、金の無心《むしん》。

何も知らなかったとはいえ、あまりにもむごい。

そのことに気づき、優貴の胸の痛みが増す。

――どうしてこんなに苦しいんだ。

刀根が傷つこうがどうしようが、関係ない。

それどころか、ずっと、自分がこの男によって受けた痛みを、十分の一でいいから味わわせてやりたいと思っていた。

意図せずにしたこととはいえ、これは優貴の望んでいたこと。

なのに、刀根の傷ついた顔を見ても、少しも溜飲が下がらない。胸に重い鉛《なまり》の玉を抱えたような息苦しさも変わらなかった。

いったい、どうしたというのだろう。

「あなたは、やっぱり優しい人ですね」

優貴が言葉を失っていると、刀根にそんなことを言われた。刀根は困ったような顔で笑う。

「気にしなくていいんですよ。俺が勝手に期待して盛り上がってしまっただけなんですから。あなたは俺の誕生日なんて知らなくて当然です。あなたは俺のことが、嫌いでしょう？　嫌いな人間の誕生日なんて、誰も興味を抱かない」

その通りのはずなのに、刀根自身の口から事実を言われてなぜか動揺した。

いったい、どんな気持ちだったのだろう。

嫌われているとわかっていて、なぜ優貴と会うことを止めようとしなかったのか。会うことをやめてしまえば、二人共嫌な気持ちにならずにすんだだろうに。

「それで、いくら必要なんですか？」

「え……」

「あなたが俺の質問に答えてくれたから、約束通りに金を渡します」

刀根は優貴の嘘を真《ま》に受けているようだ。

「本当にいいのか？　もし僕がとんでもない金額を要求したらどうする？」

「俺の持っている資産を超えてしまったら、申し訳ありませんが、残りはお渡しすることは出来ないです」

「どうしてそこまでして僕に金を渡そうとするんだ？　本当に返さなかったらどうする？」

有り金を全て要求されたら、しばらくは刀根だって困るだろう。それでもいいと言うのは、なぜなのか。

それに、せっかく金をもらう見返りとして優貴の身体を好きにしていいと言っているのに、なぜ誘いに乗ってこないのかもわからない。ホテルの一室に二人きりという格好のチャンスなのに、どうして指一本触れようとしないのだろう。

最後に刀根と寝たのは一ヶ月以上前。刀根と関係を持つようになってから、初めてこんなに間隔があいている。

なんだかんだ言っても、結局目的はセックスだろうと思っていた。

だが刀根は、信じられないことに見返りはいらないという。

それは、なぜか……。

優貴はもう気づきかけている。

けれど、それを容易に認めることは出来ない。

信じて心を許した後に、捨てられるのが怖いのだ。

「返さなくていいと言ったじゃないですか。俺は約束を守ります。あなたに信用してもらいたいから。俺はあなたのことが知りたかったんです。それを知ることが出来たから、それで十分です」

優貴の問いに、刀根はあっさりと答えた。

――これまでの人生、ずっと自分にも周りにも嘘をついてきた。

周りに嫌われないよう、それだけを考え、本当の自分を押し殺してきたのだ。だから、嘘をつくことに対してあまり罪悪感を覚えなくなっていた。

――それなのに、どうしてだ。

刀根に嘘をついたことが、とても苦しい。苦しくて、申し訳なくて、真実を告げたくなってしまう。

正直でいたい、という気持ちと共に、これまで誰にも打ち明けられなかった、自分がたった一人で背負ってきたものを、彼に話してしまいたいという欲求がこみ上げてきた。

――刀根には関係ないことなのに……。

この男は、ごくごく平凡な家庭に生まれた。

家族に慈《いつく》しみ育てられた男は、無愛想で口数は少ないが、公平で誠実で優しい人間になった。

そんな男に、優貴に金が必要な本当のわけを話したら、どんな顔をするだろう。

優しい男だから、優貴の境遇を聞き、自分のことのように胸を痛めるだろうか。

それをどうしてもこの目で確かめたくなってしまった。

「……母だ」

ついに優貴は真実を口にした。

ずっと胸に秘めてきた一番大事なことを、刀根に伝えるにはやはり勇気がいる。

優貴は深く息を吸い、震えそうになる自分を鼓舞《こぶ》し、続けた。

「さっきの電話の相手は、母なんだ。母に金を渡してるんだよ。だけど、貯金が底をついてしまった。でも、なんとかして金を渡さないといけない。そのためなら、どんなことだって出来る。……この身体が売り物になるのなら、それでもいいんだ」

「自分が何を言っているのか、わかってますか？」

話を聞き終わった直後、刀根に強い口調で咎めるように言われた。

不快を露わにした眼差しを向けられ、胸が重苦しくなってくる。

「わかってる」

「いいえ、わかってません。身体を売って稼いだ金を渡されて、あなたのお母さんが喜ぶと思いますか？」

「じゃあ、どうしろって言うんだよ！」

貯金もなくなり、給料は入るがそれではまかないきれず、金を貸してくれる人も、相談出来る人も、頼る人もいない。

それでも、母には絶対に金を渡さなくてはならない。

——ああ、やはり……。

彼は、普通の男だ。常識的な感覚を持った、真っ当な男。きっとそれが世間一般の反応なのだろう。

——本当は、わかってる。

これが普通の親子関係でないことを。

息子が生活に困窮するほどの援助なんて、親は求めない。

ずっと考えないようにしてきた事実。この期に及んでまだ、優貴は全てを受け止められなかった。

「母さんは、喜んでくれる。金を渡すと、笑いかけてくれるんだ。『愛してる』って、言ってくれるんだよ」

母のことは好き。

だって、自分を生んでくれた母親だ。この世にたった一人しかいない。

幼い頃は何も出来なかったが、今は母の役に立てる。役に立てれば、時々会ってもらえる。自分を見てくれる。

「だから僕は、金を渡さなくちゃならない。そのためには、愛していない女性とでも結婚して安定した収入を得たかった。だって、金を渡せなくなったら母さんは……僕を愛してくれなくなる」

自分は愛されている。

愛されているのだ。

人とは少し違うかもしれないが、母なりに自分を愛してくれている。

――一人になりたくない。

一人で生きる覚悟を決めたつもりでも、本心ではずっとそう思っていた。

だから自分を愛してくれる肉親の母を求め、愛されるために出来る限りのことをしてきたのだ。

それが悪いことだとは思わない。

ただ……自分は間違っていないはずなのに、なぜこんなに苦しいのだろう。

もうずっと苦しい。

母に愛されているのに、孤独を感じるのはどうしてなのだろう。

「あなたはなんて馬鹿なんだ……！」

刀根の声が部屋に低く響く。

優貴は反射的に言い返していた。

「馬鹿じゃない」

「その人は金が欲しいだけじゃないですか」

「違う！　僕を愛してくれてる」

「金を渡してくれるからでしょう？　あなたを愛しているわけでは……」

「それ以上言うな！」

叫ぶように、優貴は刀根の言葉を遮っていた。

――それでも、信じたかったんだ。

母が見ているのは、金。愛してるのは金だけ。

それでも、金を渡す瞬間に浮かぶ母の笑みを、自分に向けられたものだと信じたかった。

自分を必要とし、「愛してる」と言ってくれる母を……。

「たとえ金が目当てでも、金を渡せば愛してくれる。……どんな形でもいいから、僕は愛されたいんだよ」

——お前みたいに。

刀根を真っ直ぐ見据えた。

彼と同じ部署で働いていた時、刀根は無口で無表情な男だが、その誠実な人柄ゆえに人から好かれ周りから一目《いちもく》置かれていた。

家族に愛され、同僚からも信頼されている男。

母親の愛すら金で買っている自分とは全く違う世界を生きていて、優貴が欲しても決して手に入れられないものを、刀根はなんの努力もせずに最初から持っていた。

そんな男に、自分の気持ちがわかるはずがない。

「父と新しい家族には邪魔者扱いされて、結婚する予定だった志穂とも別れて、課長にも疎まれるようになって……。僕にはもう、母しかいないんだ」

優貴は、いつの間にか膝の上で握りしめていた拳に視線を落とす。力を入れすぎて、全身が小刻みに震えていた。

刀根は話を聞き終えてから、しばらく無言だった。

胸に抱えていた全てをさらけ出した、こんな情けない自分を見て、刀根はどう思っただろう。

同情なんてされたくない。

自分は不幸なんかじゃない。

それを認めてしまったら、もう二度と一人で立ち上がることが出来ない気がした。

「及川主任」

名前を呼ばれると同時に、刀根にそっと拳の上から手の平を重ねられ、優貴は予想外の事態に狼狽える。

刀根は優貴の前にひざまずき、下から顔を覗き込んできた。

「どうしてですか？」

「……え？」

「どうして、そこで俺を選んでくれないんですか？　言ったでしょう、好きだって。俺はあなたじゃないと駄目なんです」

優貴は息をのんだ。

心臓が一瞬動きを止めたような錯覚に陥り、そして彼の言葉の意味を理解した途端、一気に鼓動が速くなる。

——僕のことが好き？

刀根のこの言葉を信じていいのだろうか？

これも自分への復讐のための布石《ふせき》なのでは……。

どうしても疑う心を止められない。

「僕を脅して、あんなことをしたくせに。好きなら、どうしてあんなひどいことをしたんだ？」

「俺はあなたの役に立ちたかった。だからあの時、あなたのミスの責任を取らされそうになった時も、それであなたを守れるのならかまわないと思い、黙っていました。これで俺のことを忘れられなくなる、なんて勝手なことも少し考えていたんです。でも、あなたはあっさり俺を忘れた。俺が目の前からいなくなったらすぐに縁談を受けて、専務の娘と付き合い出して……。それが許せなかったんです。だけど、それであなたが幸せになるのなら、辛いけれど祝福しようと思ってました。だから本当のことを聞きたくて、あの日、あなたを待っていたんです」

これまで一切語られることのなかった、刀根の心情。

優貴は黙って耳を傾けた。

「あなたはたまにとても正直ですよね。あなたは彼女を好きだと言わなかった。気づいてましたか？出世のため、打算で結婚すると言いながら、あなたはとても寂しそうな目をしていたんですよ」

「……それはお前の勝手な解釈だ」

志穂と結婚したくなかったわけがない。彼女と結婚すれば、出世が確約されたようなもの。金に困ることもなくなり、心のどこかで憧れていた自分の家族を持つことも出来た。

——でも……。

迷いも確かにあった。

それを刀根は見抜いていたと言うのか。

「あのまま彼女と結婚していても、あなたは幸せになれませんでしたよ。あなたは彼女を愛していなかった。そして何より、あなた自身、彼女の愛を疑っていた。彼女もあなたに信用してもらうために努力し続けることは、出来なかったでしょう」

「そんなことない」

「いいえ、事実です。だって彼女は、あなたから別れを告げられて、あっさり身を引いたでしょう？　あなたと衝突してまで、一緒にいたくなかったんですよ。そんなに強い女性ではなかった」

「……だから、僕に志穂と別れるように言ったのか？」

刀根は一度頷きかけたが、思い直したように頭を振った。

「それもありますが……あなたが誰かのものになるのが、耐えられなかったんです」

苦渋《くじゅう》に満ちた声音は、優貴の胸の奥深くに響く。

「あなたを一番愛してるのは、俺です。それをわかってください」

はっきりと断言され、頷いてしまいそうになった。

でも、まだ駄目だ。まだ足りない。

刀根を本当に信じていいのか、臆病《おくびょう》な優貴はさらに言葉を求めてしまう。

「言っただろ、僕には母がいるって……」

「あなたのご両親には会ったことはありません。でも、俺の方があなたを愛していると断言出来る。俺ならあなたに金をせびったりしないし、邪険《じゃけん》にも扱わない。ずっと傍にいて、寂しい思いなんてさせません」

優貴の胸に喜びがわき上がり、頭に浮かんだ言葉をそのまま口にしていた。

「……信じられない」

こんなに真摯に自分と向き合ってくれる人がいるなんて。

どうしてこんなにも自分を想えるのだろう。

同じ男だから結婚はもちろん、付き合うのも容易ではない。きっとこの先、色々と障害が出てくる。

刀根なら、他にいくらでも愛してくれる女性を選べるはずだ。同性がいいと言うのなら、自分よりも素直で性格のいい人がいっぱいいる。

それなのに、どうして……。

あんなにひどいことをしたのに……。

どうして自分を憎まないのか。

好きだと……、優貴が一番欲しかった言葉を、なぜ無条件で与えてくれるのだろう。

優貴が零した呟きを聞き、刀根が重ねた手に力を込めてきた。そして真っ直ぐに優貴を見つめ、告げてくる。

「あなたが信じてくれるまで、何回でも……、何百回でも何千回でも、好きだと言います。だから……だから、俺があなたの傍にいることをどうか許してください」

どうやら優貴の言葉の意味を刀根は誤解したようだ。

違う、と伝えようとしたが、唇が戦慄き上手く言葉を発せられない。

――もう駄目だ。

隠すことは出来ない。自分の心を誤魔化すことは、不可能になっていた。

刀根はどんなに冷たくあしらっても突き放しても傍にいて、その瞳に優貴の姿を映してくれた。セックスを強要され、刀根と関わると嫌な気分になることの方が多かったのに、彼と共に過ごす時間は不思議と孤独を感じずにすんだ。

やがて優貴は、ある感情が自分の中に芽生えていることに気づいたのだ。

けれど、それは持ってはならない感情。

もし刀根に心を許した後で愛想をつかされ別れを切り出されたら、優貴はこれまでの恋人たちとのようにあっさり離れることは出来ないだろう。一度人の温もりを知ってしまったら、簡単に手放すことは出来なくなる。

他の人との別れは平気だったが、刀根は駄目だ。きっと、みっともない姿をさらしてしまう。

どうしたら彼を自分に繋ぎ止めておけるのか。

優貴にはずっと好きでいてもらう自信がなかった。

「僕は、どうしたら……」

考えても答えは見つからない。つい零してしまった独り言を聞き逃さず、刀根が優しく笑う。

「いいんです、そのままで。俺を好きにならなくていいです。あなたは都合がいいように、俺を使えばいい」

と言う。


「そんなの、駄目だ」

「いいんです。あなたの傍にいられるなら、なんだって」

いいわけない。

優貴だけが得をして、刀根が損をするだけではないか。

でも刀根は、それでもいいから傍にいたいと言ってくれた。打算ではなく、そうしたいからすると言う。

こんな自分勝手で利己的で歪《いびつ》な価値観に縛られたずるい男を、どうして好きでいてくれるのか。自分ならこんな人間、好きにならない。

やはり刀根の考えていることは優貴にはわからない。

だから混乱する。

こんなに強い愛情を向けられたことがないから、戸惑ってしまう。

駄目なのに、嬉しいと思う気持ちはどうしたら止められるのだろう。

「……理解出来ない」

優貴が困惑してポツリと零すと、刀根の眼差しがいっそう柔らかいものに変わる。

「俺も、たまに自分がわからなくなります。どうしてこんなにあなたのことを好きなんだろうって。あなたになら、何をされても結局は許してしまう。……正直に言うと、嫌いになろうとしたこともありました。でも、どんなに辛くても苦しくても、あなたへと向かう心を止められないんです」

「……馬鹿じゃないのか」

少し前に言われた言葉をそのまま返す。

刀根は怒ることもなく、笑って頷いた。

「ええ、馬鹿なんです」

「………っ」

優貴はもう何も言えなくなった。

今、一言でも言葉を紡《つむ》ごうものなら、押し込めている彼への気持ちが零れてしまいそうで。

ひた、と刀根の手が頬にかかる。

「あなたにもっと触れたい」

彼の指先から温もりが伝わってくる。

優貴は無意識にその手に頬をすり寄せた。

——温かい。

これまで、誰と肌を重ねても、冷えた心は温まらなかった。

底の見えない孤独は優貴の胸に陰を落とし、誰もその場所までは入ってこようとしなかったからだ。

——でも、刀根は違った。

恐れずに何度も手を差し伸べ、優貴の身体だけでなく心までも抱きしめ、温めてくれた。

「優貴さん」

唐突《とうとつ》に名前を呼ばれた。初めて刀根に下の名前で呼ばれ、嬉しくて涙が出そうになってしまう。別段、自分の名前に思い入れがあるわけではないのに、なぜか刀根に呼ばれると、特別な響きを持っているように感じるから不思議だ。

——反則だ。

今この時に名前を呼ぶだなんて。

そんな愛おしそうな顔で、大切に大切に呼ばれたら、この気持ちを隠しておけなくなる。

優貴が涙を堪えるためにギュッと唇を噛みしめた時、ふいに刀根がキスしてきた。

驚いて力を抜くと、唇を割って舌がソロソロと侵入してくる。優貴が逃げないとわかると、刀根の動きは徐々に大胆になっていく。

「ふっ……っ」

ベッドに仰向けに押し倒され、刀根が覆い被さってくる。

久しぶりに大きな手で身体をまさぐられ、刀根によって新たな快楽を刷り込まれた身体は歓喜に震えた。

ネクタイを解かれ、シャツのボタンを外される。それだけでこれからされることを予想し、恥ずかしいくらい興奮して下腹部に熱が集まっていく。

刀根も優貴の身体の変化にすぐに気づいたようで、シャツの前をはだけ現れた小さな突起を唇で食《は》みながら、スラックスを押し上げている中心にそっと手を添えてきた。

胸への刺激と中心へのソフトな刺激で、優貴は声を上げて背筋をのけ反らせる。中心は早くもはち切れんばかりに脈打っていた。

「あっ、あぁっ」

刀根の手が服の上から幹を行き来するたびに、女のような嬌声を上げてしまう。

恥ずかしいと、男のくせにみっともないと思い、これまでは出来るだけ堪えてきたのだが、今日は感じるままに声を出す。刀根は優貴の痴態《ちたい》を見ても、笑ったりしないと思ったからだ。

彼は受け止めてくれる。自分が何をしても、どんな姿を見せても……。

その安心感から、優貴は行為に没頭し、刀根に素直に身を任せた。

彼とセックスするのは久しぶりだ。この前にしたのは、志穂に別れを告げた時だった。

あの時は悔しさや屈辱から、身体は感じても心がついていっていなかった。

だから、こうして快楽を追い求めるだけのセックスは本当に久しぶりのことで、否《いや》が応でも期待が高まる。

きっと、経験は多い方だと思う。

だが女性としか寝たことはなかったから、刀根とのセックスにはこれまでの経験がほとんど役に立たない。身体中をなで回され、奉仕され、男を受け入れさせられるセックスは、初めこそ違和感と嫌悪感、そして恐怖を感じたが、回数を重ねるごとに強い快感を覚えるようになっていった。刀根とのセックスはあまりにも強烈な快楽をもたらし、優貴はいつの間にかそれにはまっていったのだ。

刀根に抱かれて悦《よろこ》んでいるなんて認められずに否定していたが、会えない夜に我慢できずに彼の熱を思い出しながら自らを慰めたことも、一度や二度ではなかった。終わると決まって言いようのない自己嫌悪に陥るのだが、止めることは困難だった。

「はぁっ、はっ、あぁ……っ」

下肢《かし》から全ての衣服をはぎ取り、刀根の手は中心よりさらに下の蕾へと行き着く。

相変わらず刀根は優しかった。

焦らされているのかと思うほど入念に後ろを解され、彼を受け入れられるよう十分に広げられてから、固くなった中心を押し当てられる。

ゆっくりと中へと熱い固まりが入ってきて、圧迫感とほんのわずかな痛み、それを遥かに上回る快感に優貴は身体を震わせる。

「大丈夫ですか？」

「ん、……んっ」

自分を気遣う言葉に反射的に頷き返す。

刀根は全てを埋め込むと一旦動きを止め、優貴はその間に気持ちを鎮めようと浅い呼吸を繰り返す。

そうしないとすぐにでも放ってしまいそうだった。

ところが刀根は、優貴の呼吸が落ち着かないうちに律動を始めてしまう。

「あうっ、あっ、だめっ……あっ！」

不意を突かれ、我慢出来ずに白濁を散らす。

「ま、まってっ、あんっ、あぁっ」

両足を肩に担がれ、上から奥深くまで剛直を埋め込まれる。その刺激に、優貴の中心からは絶え間なく蜜が飛んだ。

——苦しい。

感じすぎて怖い。

優貴の瞳からはいく筋も涙が流れた。

「……少し、休憩しますか？」

余裕のない優貴に気づいた刀根が聞いてきた。

息を乱しながら、必死に想いを伝える。

「だめ、だめ……っ」

頭を左右に振って訴えると、内側にある中心がゆっくりと引き抜かれていく。焦った優貴は刀根の背中に腕を回し、腰を両足で挟んで動きを封じた。

「止めちゃ、だめだ。もっと、もっと……」

刀根の耳元に唇を寄せ、うわ言のように言っていた。

自分でも何を言っているのか、もうわからない。ただ刀根を感じたくて、もっと抱きしめてほしくて、それだけで頭がいっぱいだった。

「ふぅ、あっ、んっ」

身体をわずかに離されたかと思ったら、すぐに距離を詰められ情熱的なキスをされた。そのまま腰を抱えられ、激しく貫かれる。

その後はもう夢中だった。

何も考えられなくなるくらい快楽を与えられ、揺さぶられ、奥まで突かれ、数え切れないほど射精した。

刀根も一度中で達したが、優貴が求めるとすぐに応じてくれる。

最初は刀根が気を遣って避妊具をつけてくれていたのだが、優貴が外してほしいとねだると少し困った顔をしながらも、そのまま入れてくれた。

遮るものがなくダイレクトに刀根を感じながら最奥《さいおう》で迸《ほとばし》りを受け止め、歓喜のため涙を流す。

それでも足りなくて、もっともっとと刀根にねだっていた。

――嬉しい。

刀根が自分の身体で興奮してくれて。感じて達してくれたことが、嬉しかった。

刀根に抱かれるたびに優貴の胸は、満足感と幸福感でいっぱいになっていく。

金じゃなくても相手を喜ばせることが出来る――それを優貴は初めて知り、自分のような人間でも刀根を幸せに出来るかもしれないと、とても嬉しくなった。

「もう、離しません」

胸が痛い。

けれどこれは、これまでとは異なる胸の痛み。

とても甘さを含んだ痛みだった。

――愛してくれている。

ようやく、信じることが出来る。

信じさせてくれる人に、出会うことが出来た。

熱い固まりが喉をせり上がってきて、言葉が出ない。

「うん……うん……」

優貴は頷きを返しながら、自分を包み込む男にしっかりとしがみついた。


約束の期日である金曜日がやってきて、優貴は明美との待ち合わせ場所に向かった。

約束の時間にやや遅れてやってきた明美は、とても上機嫌で向かいのイスに腰を下ろした。

「この後、人と会う約束があるのよ。あまり時間がないから、手短にお願いね」

これまでこんな風にニコニコと笑顔を向けられたら、それだけで嬉しくなって言われた内容なんてたいして頭に入ってこなかった。けれど、こうしてちゃんと明美の言葉を理解しようとして聞けば、ずいぶん冷たいことを言われていることに気がつく。

優貴はこれをきっかけに、これまで胸の内にとどめていた質問を口にすることが出来た。

「母さん、スナックの経営、相変わらず大変？　なら、もうお店は閉めて、他の仕事を探した方が母さんも楽になるんじゃないかな。少しパートして、僕の仕送りとパート代を合わせれば……」

「なに、説教する気？」

優貴は明美が醸し出した不機嫌な空気に怯みそうになりつつも、話を続ける。明美の顔はどんどん険しくなっていき、終いにはシガレットケースから煙草《たばこ》を取り出し火をつけた。

「母さん、ここ禁煙だから」

「うるさいわね、煙草くらい好きな時に吸わせてよ！」

「駄目だよ、他のお客さんの迷惑になるから」

再三煙草を消すよう促すと、明美は目をつり上げて優貴を睨みつけ、そして煙草を優貴のコーヒーカップに投げ入れてきた。優貴はコーヒーに浮かぶ煙草を呆然と見つめる。

「ほら、言われた通りに消したわよ。早くお金ちょうだい」

イスにふんぞり返り、強い口調で言われた。

以前だったら明美を怒らせてしまったことに慌てふためいただろうが、今日の優貴は違った。

明美に睨まれ心臓は嫌な感じに早鐘を打っていたが、膝の上で拳を握りしめ、毅然《きぜん》と顔を上げる。

「お金は持ってきてないんだ」

「なんですって？」

「色々考えたんだ。僕がお金を渡すことが、母さんにとって本当にいいことなのかって。僕がお金を渡してしまうから、母さんはお店を畳む決心が出来ないんじゃないかって思ったんだ」

「勝手に決めつけないでよ。あんたは言われた通りにすればいいの。第一、もうスナックなんてやってないわ。とっくに手放したわよ」

「え……？　どういうこと？　じゃあ、お金は何に使ったの？」

明美は悪びれもせず、優貴の知らなかった事実を口にした。

「お店がなかったら、お金が入ってこないでしょ。お金がないと、遊べないし飲みに行けない。バッグも靴もアクセサリーだって買えないじゃない」

「僕のお金を、遊びに使ったってこと？」

優貴が信じられない気持ちで呟くと、ようやく明美は自分の失言に気づいたようだ。ハッとした後に取り繕うような作り笑顔になった。

「お母さんがこれまで苦労してきたことは知ってるわよね？　女手一つであなたを育てて、頑張って働いてきたのよ。そろそろ楽させてくれてもいいじゃない」

「……母さん」

「なあに？」

「母さんは僕のこと、どう思ってる？」

「お母さん想いの優しい息子。大好きよ」

「本当に？」

「ええ」

優貴はついにその言葉を口にした。

「僕にお金がなくなっても、好きでいてくれる？」

怖くてずっと聞けなかった。

言った後で、情けないことに震えが止まらなくなる。

――これが最後の賭《か》けだ。

母がそれでも好きだと言ってくれるのなら、自分はこれまでと同様、いやそれ以上に母のために頑張る。

しかし、もし望む答えが返ってこなかったら……。

優貴は母の答えを不安な気持ちで待った。

「あなたにお金がなくなったら、ですって？　そんなの決まってるじゃない。お金を持ってこないなら、もう用はないわ」

明美のその言葉で、全身がすうっと冷えていく。

明美は言い終わるや否やさっさと席を立つ。そのまま振り返ることなく喫茶店を足早に出て行った。

頭の中で先ほど投げつけられた言葉が反響し、辛く寂しかった過去を思い起こさせる。

――慣れていたはずなのに。

母の自分への仕打ちには。

それでも自分にとって母と呼べる人は明美だけ。母の息子も、自分だけだ。

『大好きよ』

金を渡した時に母が言ってくれた言葉が頭の中でこだまする。

どんなに冷たくされても怒鳴られても、その言葉にすがってきた。

なぜなら、愛されたかったから。

愛されていると思いたかったから、都合の悪いことは見ないように、聞かないようにして、母に愛される息子になろうと努力してきた。

だが、それも今日で終わりだ。

ようやく、母の言葉を正面から受け止める決心がついた。

「大丈夫ですか？」

しばらくして控えめに声をかけられた。相手が誰かわかっていたので、顔も上げずに答える。

「……お前の言った通りだった。あの人にとって、僕は金を引き出すだけの存在だったんだな」

先ほどまで明美が座っていた席に刀根が腰を下ろした。刀根は否定も肯定もしない。でも、今は慰めは聞きたくなかった。話を聞いてくれているだけで十分だった。

余計なことを言わないとわかっていたから、今日ここにこの男がついてくることも、すぐ後ろの席で話を聞くことも許したのだ。

優貴はそこで言葉を切り、口を閉ざす。そして長い時間が経ってからようやく顔を上げ、刀根に力なく笑いかけた。

「でも、どうしても嫌いになれないんだよ」

自分でも愚かだと思う。

明美が自分のことを好きになってくれる可能性は、限りなくゼロに近い。不毛だとわかっているのに、あんなにひどい言葉を投げかけられても、まだ明美を母親だと思い慕《した》う気持ちを完全にはなくせない。

こうして物理的には決別した形になったが、心理的には明美のことをこれから先も切り離せないだろう。

いい歳して親離れ出来ない自分に苦い笑いがこみ上げてきた。

刀根は相変わらず真面目くさった顔で、さらりと言う。

「いいんじゃないんですか？　あなたがそういう人だから、俺は好きになったんです。それに、俺があの人の分もあなたを愛します」

こんなところでそんなことを言われるとは思っておらず、びっくりした。

刀根に言いたいことはたくさんある。

でも、何から言えばいいのかわからなくて、考えるのが面倒になってやめた。

刀根はテーブルの端に立てかけてあるメニューをじっくりと眺め、店員に二人分のエスプレッソを注文する。ほどなくして運ばれてきたコーヒーカップを持ち上げ一口飲んだ後、刀根は口元をわずかに綻《ほころ》ばせた。

「美味《うま》いか？」

「はい」

「そうか」

つい先ほど、あれほど落ち込むことがあったというのに、不思議と心が落ち着いている。それは刀根が全く普通の態度を取ってくれているからかもしれない。刀根がなんでもないことのように流してくれたから、優貴も引きずらなくてすんだ。

「もうじき、また営業部での仕事が始まるな」

「はい、よろしくお願いします」

四月はもうそこまできている。

気がつけば長い冬はようやく終わりを迎えようとしており、街路樹は春の訪れを告げるため芽吹き始めていた。

優貴は通勤鞄を抱え直し、帰路を急いでいた。

早いもので、季節はもうじき夏を迎えようとしている。ようやく先週梅雨《つゆ》が明けたが、ジメジメとした生暖かい空気が肌にまとわりつき、優貴は汗で張り付いた前髪をかき上げた。

刀根は辞令の通り、再び営業部の所属になった。

現在、刀根と優貴は二人で組んで、他のスタッフの相談に乗ったり、店舗との調整、商品の売り方についてのアドバイスなどの仕事を請け負っている。前例のない慣れない仕事で戸惑うことも多いが、これまでは各々で売り上げを競っていたのが、優貴と刀根を中心として、徐々に営業部全体が一体感を持つようになり、部署全体での売り上げアップを目指すためにスタッフ同士の交流も多くなった。この方法を始めてまだ間もないのでそれほど数字は伸びていないが、このままいけば課せられた目標を達成できそうだ。

そして直属の上司である課長も、最近は優貴への態度を軟化させてきている。どうやら志穂の父親である柏木専務が、仕事とプライベートをきちんと分けて考える人物だったようで、縁談が流れた後も、廊下で会えば仕事に打ち込む優貴に激励の言葉をかけてくれていた。その場面を見られていたようで、優貴が専務から睨まれていないと課長も知ったらしく、それなら使える便利な部下である優貴を手放すのはやめることにしたようだ。

ただ、優貴の方はもう課長に必要以上にすり寄ることはしなくなっている。媚びを売る時間があったら、本来の仕事のために使いたかった。

仕事の方は、概《おおむ》ね順調。以前と比べて忙しくなり残業も増えたが、新しい仕事を任され充実した日々を送っている。

優貴が自宅マンションのすぐ近くまで来た時、メールの着信音が鳴った。刀根からの気がしてスマホを取り出しメールを開いてみると、『上を見てください』という短い文が綴《つづ》られている。

上？　と訝しく思いながらも言われた通りに見上げると、三階のベランダから手を振る刀根と目が合った。

優貴は慌てて『そこで何をしてるんだ？』とメールを打つ。すぐに刀根から『優貴さんの帰りを待ってたんです』と返事がきた。

いったいいつからそこで待っていたのだろう。

刀根は今日、外回りの後直帰だったが、一日中外を歩き回って疲れているはずだ。自分の出迎えなどせずに部屋でだらけていればいいものを、何をやっているのだ。

優貴は少々苛立って『わけのわからないこと言ってないで、さっさと中に入れ』とメールを送り、返事を待たずにエントランスに入りエレベーターに乗った。目指すは三階。優貴と刀根の自宅だ。

刀根と暮らし始めてすでに一ヶ月が過ぎている。ようやく引っ越しの荷物も片づき、新しい部屋と街、同居人のいる生活に慣れてきたところだ。

母との問題が片づいた直後、刀根に「一緒に暮らしましょう」と言われた時は驚いたけれど嬉しかった。しかし、てっきり遠い将来の話だと思っていたのに、優貴が頷いたのを見て刀根がすぐさま部屋を決めて、さらに引っ越しの段取りまでつけてきた時には、びっくりしすぎて唖然《あぜん》とした。

拒む余地すら与えられず、あれよあれよという間に優貴の荷物は新居に運ばれ、気がつけば古アパートを出て、職場まで電車で二十分の距離にある2LDKのマンションで暮らしていた。

互いの引っ越しが終わり共同生活が始まってから、二人で住んでいることが会社の人間にばれたらまずいのでは、と気づいた。そのことを刀根に伝えたら、「金欠なので、ルームシェアしてもらえると助かります」と言われてしまい、刀根が優貴の分の引っ越し費用や、この部屋の契約に関わる支払いを全て持ってくれたことに思い至り、金欠の原因が自分だとわかってそれ以上強く言えなくなった。

なんだか勢いに流されて始まった同居生活だったが、意外にも快適だ。

優貴は料理、刀根が掃除と洗濯といった感じで、各々が出来る家事を出来る時に行っているため、一人で暮らしている時よりも家事の手間も出費も抑えられている。

何より、帰ると家に人がいて、その日あった様々な出来事を話せる相手がいる生活が、とても心地よかった。

優貴は三階に降り立つと急いで玄関ドアの前に立つ。

そしてドアを開ける前に、小さく深呼吸した。

優貴は刀根に、言っていないことがある。今日こそはそれを伝えられたらと思っていた。

覚悟を決め、ドアを開ける。そこには予想通り、部屋着姿の刀根が立っていた。

「おかえりなさい。お疲れさまです」

「……ただいま」

「先にシャワー浴びます？　今日は俺の方が早く帰ってこれたんで、夕食にカレー作ってみたんです」

「シャワー浴びたら、すぐ食べる」

誰かの手料理を食べるなんて、何年ぶりだろう。

刀根だって仕事が終わって疲れているだろうに、それでも自分のために苦手な料理をしてくれた。

その当たり前のように与えられる優しさに、どれだけ救われているか……。

親にも愛されなかった自分に、こんな日がくるとは思っていなかった。

幸せすぎて夢じゃないかと思う。

優貴は鞄を刀根に渡し、背を向けた状態で意を決して言葉を紡ぐ。

「……刀根」

「はい」

「あ……、ありがとう」

優しくしてくれて。傍にいてくれて。愛してくれて。

ずっと礼を言いたかった。けれど、このたった一言が、なかなか言えなかったのだ。

刀根はしばし間をあけてから、「はい」とやや弾んだ声で短く返事をした。

なんだか急に気恥ずかしくなって、優貴は浴室へと通じるドアを乱暴に閉める。

たかが礼を言っただけでこの様《ざま》だ。

胸が痛いくらいにドキドキして、息苦しくなってきた。

こんな調子では、刀根に「好きだ」なんて言った日には、本当に死んでしまうかもしれない。想像しただけで顔が赤くなり、胸がさらに引き絞られる。

でも、嫌な感じはしない。

一人じゃないから、大丈夫。

優貴はこの日、人生で初めて、生まれてきてよかった、と心から思った。

あとがき

皆様こんにちは。星野《ほしの》です。

ここまでお付き合いいただき、ありがとうございました。

この本は私にとって三冊目になります。今回は私の好きな、「性格悪い受がどん底まで落ちて、真っ暗闇の中、最後にようやく恋に気づきほんのちょっと救われる」という設定を盛り込んだこともあり、楽しく書かせていただきました。自分は満足してますが、こんな受に果たして需要はあるのか……と不安にもなってまして、少しでも気に入っていただける部分がありましたら嬉しいです。


そしてそして、今作もたくさんの方々のお力をお借りして、こうして日の目を見ることが出来ました。

イラストを描いてくださったyoco《よこ》先生、ありがとうございます。本屋さんでyoco先生の描かれた表紙に自然と目が吸い寄せられ、本を手に取ったことが何度もありましたが、よもや自分の書いた小説にイラストをつけていただけるとは！　もう感激です。

担当のM様、今回も色々と的確なアドバイスをありがとうございました。一人だときっと変な方向に突っ走っていたと思います。

そっと見守ってくれている家族・友人にも感謝です。Ｙさん、いつか萌えについて語り合いましょうね！　お仕事お忙しいでしょうが、体調にはお気をつけください。

他にもたくさんの方々がこの一冊の本に携わってくださっていて、その全ての方に心から感謝しております。

最後に、大きな大きなありがとうの気持ちを、ここまでお読みくださった皆様に。本当にありがとうございます。時折頂戴する「面白かった」の一言が、泣きそうなくらい嬉しいです。

これからも書ける限り続けていこうと思ってます。末永くお付き合いいただけるよう、頑張ります。

また四冊目でお会い出来ることを願いつつ。

星野　伶《れい》

この本を読んでのご意見・ご感想をお寄せ下さい。

〒151-0051
東京都渋谷区千駄ヶ谷4-9-7
(株)幻冬舎コミックス　リンクス編集部
「星野《ほしの》 怜《れい》先生」係／「yoco《よこ》先生」係

リンクス ロマンス

誰も僕を愛さない

2016年7月31日　第1刷発行

著者……………星野《ほしの》 怜《れい》

発行人…………石原正康

発行元…………株式会社　幻冬舎コミックス
〒151-0051　東京都渋谷区千駄ヶ谷4-9-7
TEL 03-5411-6431（編集）

発売元…………株式会社　幻冬舎
〒151-0051　東京都渋谷区千駄ヶ谷4-9-7
TEL 03-5411-6222（営業）
振替00120-8-767643

印刷・製本所…共同印刷株式会社

検印廃止

ISBN978-4-344-83764-5 C0293
Printed in Japan

幻冬舎コミックスホームページ　http://www.gentosha-comics.net

本作品はフィクションです。実在の人物・団体・事件などには関係ありません。